独立阅读三步走

像鱼一样安静

[意] 罗伯特 · 莫尔吉斯 著
[意] 卡拉 · 玛涅阿 绘
林凤仪 译

GUANGXI NORMAL UNIVERSITY PRESS
广西师范大学出版社
· 桂林 ·

我是一条红色的小鱼，从嘴巴到尾巴，全身都是红艳艳的。

我的名字叫洛西诺，在意大利语里就是“小红”的意思。

我整天都在玻璃鱼缸里游来游去，在水草里捉迷藏，玩得开心极了。

我最爱那块光滑的白石头，经常在它旁边休息。

我的朋友萨缪尔，是一个生活在鱼缸外的小男孩。

我们非常有默契。当他靠近玻璃鱼缸，向我挥手问好的时候，我会甩甩尾巴作为回应，隔着玻璃送给他一串可爱的吻。

当阳光透过窗户照进房间时，萨缪尔就把我的透明玻璃鱼缸放在窗前，这样我就可以和金色的阳光一起玩耍。

我饿了就把嘴巴贴在鱼缸壁上，萨缪尔就会给我一点儿吃的。

第一次见面的那天，萨缪尔和爸爸妈妈一起来到宠物店，他靠近鱼缸，静静地看着我。

我似乎听到他问：“你愿意做我的朋友吗？”

我回答道：“愿意！”

从那时起，我们就是朋友了。

当萨缪尔去上学的时候，我静静地观察着家里发生的一切。

等他回家的时候，我把一切都告诉他。

有时会发生有趣的事情。比如那一次，有两只苍蝇为了争夺搁板上的面粉吵个没完，结果妈妈进来了，这两个家伙只能饿着肚子离开。

有时也会发生可怕的事情。

就像那一天，一只乌鸦从敞开的窗子飞进来，想用尖尖的嘴巴啄我！真是太吓人了！幸运的是我游得很快，不然就被它抓住了！

今天，妈妈走进了房间。她盯着萨缪尔和小海绵的合影看了一会儿，就是那张装在红色相框里、挂在床头的照片。

我没见过小海绵，但是萨缪尔经常跟我提起它，说它是全世界最可爱的小狗，身披灰白相间的毛，头上还顶着厚厚的“刘海”。

萨缪尔非常喜欢小海绵，他们两个总是能在一瞬间就明白对方的意思。

摇尾巴、舔主人是小海绵“说话”的方式，能表达许多种不同的意思。萨缪尔也会跟它说话，回应它。

在一个夏日，小海绵开心地冲出了家门。萨缪尔大声喊道：“快回来！”

可是小海绵再也没有回来。它的生命终止在一辆飞驰的汽车的轮子下。

或许就是从那时开始，萨缪尔不再说话了。

现在的他像鱼一样安静，和我一样。

但我和他也会有愉快的“聊天”。

“晚安，萨缪尔。”到了该上床睡觉的时候，我对他说。

“晚安，洛西诺。”他沉默地回答我。

爸爸走进房间，脸上挂着微笑。他给了萨缪尔一个响亮的吻。

“宝贝，你好吗？”爸爸问。

“是的，爸爸。”萨缪尔回答道。但是只有我能听到这句话。

爸爸有些伤心地离开了。

于是我建议萨缪尔："给爸爸妈妈画一幅美丽的画吧！"

萨缪尔跳下床，拿起彩笔开始画画。他还在画上加了一句话："我很好！"

他跑去把画递给爸爸，然后又钻回了自己的被窝。

爸爸走进房间，眼里闪着泪光。他用力地抱了一下萨缪尔，然后坐在床边，拿起一个玩具宇宙飞船，再把另一个递给萨缪尔。

“嗖——”爸爸手里的飞船起飞了。

“嗖——”爸爸重复了一遍。

萨缪尔拿起自己的飞船，模仿着爸爸的动作。

飞船上上下下，父子俩玩了好一会儿。他们都非常高兴。

妈妈也开心极了。她走进房间，给了父子俩一人一个幸福的晚安吻。

早上起床，萨缪尔非常开心，因为他做了一个美梦。

他告诉我，小海绵在空中飞翔，旁边还有洛西诺形状的云彩。

小狗朝萨缪尔飞奔过来，在他的小脸蛋上舔了一下，带走了他所有的悲伤。

它摇着尾巴向萨缪尔告别，然后朝着更高的地方飞去，直到消失不见。

这天下午，萨缪尔去上学了。

妈妈走进房间，手里提着一只鸟笼。鸟笼里面有一只小鸟，不停唱着婉转的歌。

“嘀呖呖，嘀呖呖……”

“我们的孩子需要一个能陪他多说说话的小动物。”妈妈说道。然后她端起鱼缸，把我带出了房间。妈妈把我放到了车里。这是要去哪里？

我们来到了萨缪尔的外婆家。我有种预感，妈妈要把我留在这里。

当萨缪尔放学回来，在原本摆放鱼缸的位置上看到一只金丝雀，他该有多么伤心呀！

面对这样一只从早到晚唱个不停、从不倾听别人的鸟儿，萨缪尔又怎能对它敞开心扉呢？

可以确定的是，我非常伤心。

外婆在我的鱼缸周围放了很多摆件，让我不至于太过孤独。这里的阳光不太耀眼，但对我来说也足够了。

我试着呼唤我的朋友：“萨缪尔，我在这里，在外婆家，你快来带我回家呀！”

但这些都是徒劳的，我们隔得太远了。我绝望极了，不停地游来游去。

外婆看到之后，高兴地说：“这条小红鱼真活泼！”

门铃响了，外婆去开门。

我听到外婆说道："萨缪尔，你来这里干吗？就你一个人吗？妈妈知道你过来吗？"

接着，我看到我的朋友朝我跑来。他把鱼缸抱在怀里，把脸紧紧地贴在鱼缸壁上。我也用无与伦比的喜悦回应着他的热情。

“妈妈告诉我，她把你带到这儿了。我就从家里跑出来找你了。”

外婆看着我们，眼中泛起泪光。

“我明白了，萨缪尔，我会跟你妈妈解释的。”外婆说完就拿起手机，走到另一个房间去了。

我的朋友把鱼缸紧紧抱在怀里，悄无声息地走出了外婆家。

“我很确定，你会回到我的身边。”萨缪尔一边走下台阶，一边对我说。

萨缪尔真是太勇敢了！

他来外婆家接我，现在要带我回家了。

他应该有点儿累了，时不时需要停下来休息一会儿。

萨缪尔回到自己家的楼下，在门口的台阶上坐了下来。他把玻璃鱼缸放在地上，然后就累得睡着了。

这真是一场伟大的冒险！

过了一会儿，爸爸妈妈回来了。他们刚刚去了外婆家，为了接萨缪尔。

“嘘，嘘……”他们轻轻地抱住了萨缪尔。

就在这时，萨缪尔感到一阵热气吹在胸口。

萨缪尔醒了过来，他说话了。这一次，他用悦耳的声音说道："洛西诺是我的好朋友，我们要永远在一起。"

妈妈和爸爸露出了笑容，他们拼命点头，答应了萨缪尔。泪水从他们的眼中滑落，掉进玻璃鱼缸的水里。

他们的目光闪烁着，像是阳光照耀在我红色的鳞片上，那是爱的颜色。

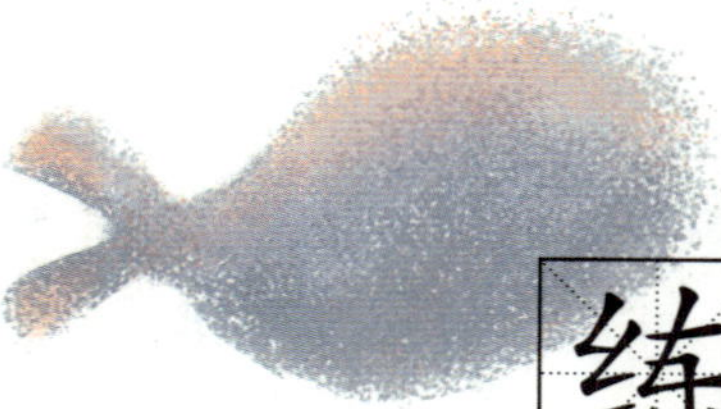

练习

萨缪尔的妈妈正带着洛西诺前往外婆家的路上，按照算式结果等于 42 的路线，帮助她顺利抵达目的地。

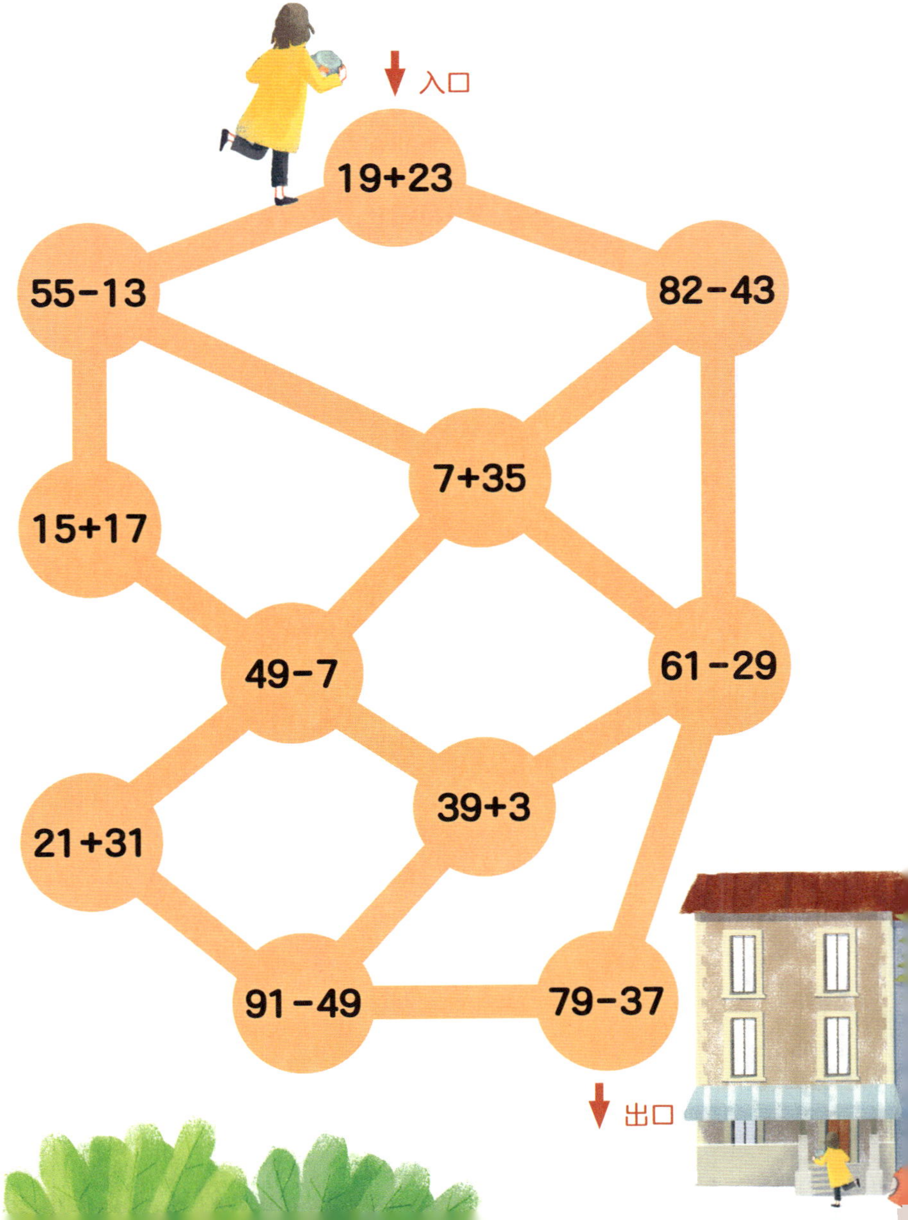

你能在右侧的白纸上绘制出以下图形的镜像图吗？试试看。

如下图所示，“彡”与哪些偏旁能组成一个新字呢？请将组成的字填写在旁边的括号里。

（　　）

豆

（　　）页　　开（　　）

（　　）早　　产（　　）

彡

（　　）衤　　景（　　）

（　　）木　　月（　　）

采

（　　）

由“无与伦比”扩展出的填字游戏，你能把缺失的地方都填上吗？

					圈	可	点				
	绝	无	仅	有							
				可		不					
				无	与	伦	比				
						不					
				物	以		聚				
	乱							疲	力	竭	
	七						会				
		仙	过	海，	各	显		通			
	糟										

读故事，然后填一填。

①萨缪尔之前的朋友是小海绵，它是一只 ________，有着 __________ 相间的毛。

②萨缪尔现在的朋友是洛西诺，它是一条 ________，全身都是 __________ 色的。

给加点的字选择正确的读音。

默契（qiè　qì）

苍蝇（yíng　ying）

搁（gé　gē）板

相框（kuàng　kuāng）

婉转（zhuǎn　zhuàn）

心扉（fēi　fěi）

拼（pīn　pīng）命

闪烁（lì　shuò）

选择正确的字组词，并将字填写在括号里。

婉　　碗　　宛

（　　）转　（　　）约　饭（　　）　（　　）如

委（　　）　（　　）然　音容（　　）在

徒　　陡

（　　）步　（　　）峭　（　　）劳　学（　　）

（　　）崖绝壁　家（　　）四壁

照样子，写词语。

例：从早到晚

（　　　　　　）（　　　　　　）

（　　　　　　）（　　　　　　）

例：上上下下

（　　　　　　）（　　　　　　）

（　　　　　　）（　　　　　　）

选出句中画线词语的正确意思，并将序号填写在括号里。

妈妈走进了房间，手里提着一只鸟笼。里面有一只小鸟，不停唱着<u>婉转</u>的歌。（　　　）

A.（歌声、鸟鸣声等）抑扬动听

B.（说话）温和而曲折（但不失本意）

请在括号中填写下列词语的反义词。

安静——（　　　）　　开心——（　　　）

敞开——（　　　）　　有趣——（　　　）

根据下面的意思，选出对应的词语，并将序号填写在括号里。

①没有能比得上的（多含褒义）。（　　　）

A. 无以复加　　B. 无与伦比

②无益地耗费力气。（　　　）

A. 徒劳　　B. 勉强

请在括号中填写下列词语的近义词。

瞬间——（　　　）　　幸运——（　　　）

孤独——（　　　）　　悦耳——（　　　）

你最喜欢的小伙伴是谁？为什么呢？请在下方写一写。

参考答案

43 页

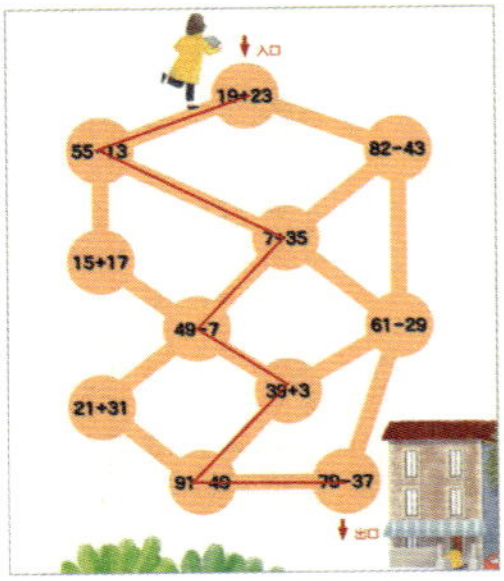

44 页

45 页

形　彦　影　彩　杉　衫　须

（顺时针排列）

46 页

可　类　精　八　神

（从上到下，从左到右）

47 页

①小狗　灰白

②小鱼　红

48 页

qì　ying　gē　kuàng

zhuǎn　fēi　pīn　shuò

49 页

婉　婉　碗　宛

婉　宛　宛

徒　陡　徒　徒

陡　徒

50 页

从上到下　从古到今　从前到后　从左到右（合理即可）

高高兴兴　生生世世　反反复复　千千万万（合理即可）

51 页

A

吵闹　悲伤　关闭　枯燥（合理即可）

52 页

① B　② A

刹那　好运　孤单　动听（合理即可）

DULI YUEDU SANBU ZOU　XIANG YU YIYANG ANJING

出版统筹：汤文辉　　责任编辑：霍　芳
品牌总监：李茂军　　助理编辑：屈荔婷
选题策划：李茂军　戚　浩　　美术编辑：刘淑媛
版权联络：郭晓晨　张立飞　　营销编辑：李倩雯　赵　迪
责任技编：郭　鹏

Original title: Muto come un pesce
Progetto grafico di collana: Clara Battello
Testo: Roberto Morgese
Copertina e illustrazioni: Carla Manea
Impaginazione: Clara Battello e Sara Storari
Redazione: Veronica Fantini

著作权合同登记号桂图登字：20-2022-226 号

图书在版编目（CIP）数据

独立阅读三步走. 像鱼一样安静 /（意）罗伯特·莫尔吉斯著；（意）卡拉·玛涅阿绘；林凤仪译. --桂林：广西师范大学出版社，2023.2

ISBN 978-7-5598-5543-5

Ⅰ. ①独… Ⅱ. ①罗… ②卡… ③林… Ⅲ. ①儿童故事－意大利－现代 Ⅳ. ①I546.85

中国版本图书馆 CIP 数据核字（2022）第 196774 号

广西师范大学出版社出版发行
（广西桂林市五里店路 9 号　邮政编码：541004
网址：http://www.bbtpress.com）
出版人：黄轩庄
全国新华书店经销
北京博海升彩色印刷有限公司印刷
（北京市通州区中关村科技园通州园金桥科技产业基地环宇路 6 号
邮政编码：100076）
开本：880 mm × 1 240 mm　1/32
印张：1.75　　字数：20 千字
2023 年 2 月第 1 版　　2023 年 2 月第 1 次印刷
定价：118.00 元（全 8 册）

初阶

独立阅读三步走

独一无二

[意] 伊莎贝拉 · 帕利亚 著
[意] 安德雷亚 · 斯科佩达 绘
林凤仪 译

GUANGXI NORMAL UNIVERSITY PRESS
广西师范大学出版社
· 桂林 ·

一个山尖尖上，生活着一个孤独的家伙。没人跟他做朋友，他只能独自住在这里。

他是整个族群唯一的幸存者。他们乘坐的飞船不知道哪里出了问题，发生了严重的故障，不得不降落在地球上——这是他们在银河系拜访的第一颗行星。

飞船就落在了这座山峰上。

从那时起，他就独自生活了。没人知道他真正的名字，“一个”就是大家给他起的名字。

大家总是这样称呼他。每当他试着跟大家聊天，试着和大家玩耍，试着和大家开心相处的时候……

“不好意思，你和我们长得不一样，你不是我们当中的一分子，你跟我们不同。”

“一个”知道，“一个”就是他现在的名字。

因为大家都是这样叫他的。

虽然他每一天都很努力，想通过各种各样的方式和大家变得一样……

他的脸上总是挂着灿烂的笑容，他的皮肤常常因为情绪激动而变成彩虹的颜色，他总是这样打招呼：“朋友们，你们好吗？”

他把一年四季的服装全都穿在身上。

他在每一所学校的每一面废弃的墙上都贴上了画。

他用一个像鼻子一样的奇怪器官喝饮料。

他踢球的方式也和大家不一样。

他总是把球踢进自家的球门，而不是对手的球门……

因此，不管他怎样努力，大家依然会对他说：

“‘一个’，你和我们完全不一样！”

于是，每一天，“一个”都会闷闷不乐地回到自己的宇宙飞船里。

他的家就在山顶上，在风中摇摇欲坠。

“一个”喝完茶，吃完三十盘小点心，再读一会儿书，就抱着最爱的毛绒玩具静静入睡了。

第二天，一觉醒来，他又开始努力，为了变得和大家一样。

一天晚上，正当“一个”准备睡觉的时候，他听到一阵铁器碰撞的声音，紧接着就是一声巨响。

“一个”赶紧跑出去，他看到一艘更小、更破的飞船降落在他的宇宙飞船旁边，还不停地发出噪音。

“哦，我的老天爷……谁会在里面呢？”

因为恐惧，“一个”躲进了被子里，用钥匙锁好了大门。

正当他抱着毛绒玩具瑟瑟发抖的时候，他听到了敲门声。

“一个”怕得要命，可他也好奇得要命。

他决定从床上爬起来，透过门上的猫眼观察一下。

没错，门外有什么东西。更准确地说，那是……

一个生物！

那是一个“一个”见过的长得最奇怪的家伙：他身上长满了斑点，斑点有些发着光，有些熄灭了。

毫无疑问，这个家伙是从另一个遥远的星系来的，也许他的老家比“一个”的老家还要远。

“一个”悄悄把门打开了一道缝。

“朋友，你好！我叫‘某个’，很高兴认识你！我可以进来吗？我真是又累又饿……”这个奇怪的生物一边说着，一边伸出了双手，又或者说，那是四只爪子……

“你想都不要想！”“一个”吓得大叫起来，立刻关上了大门。

“天啊，他真是我见过的最稀奇古怪、最与众不同的生物！”“一个”心想。他躲在被子下面，紧紧抱着毛绒玩具。

“一个”止不住地发抖，有可能是因为恐惧，更有可能是因为寒冷。

强劲的北风把他和新邻居的宇宙飞船吹得摇摇晃晃，看上去就像是不倒翁。

过了一会儿，突然刮起了可怕的暴风，下起了大雪。

家门外，狂风在呼啸。家门里，“一个”的脑瓜里也掀起了风暴。

尽管他把头埋在枕头里，但那个词语依然不停地在他的脑海中回荡。

“朋友”。

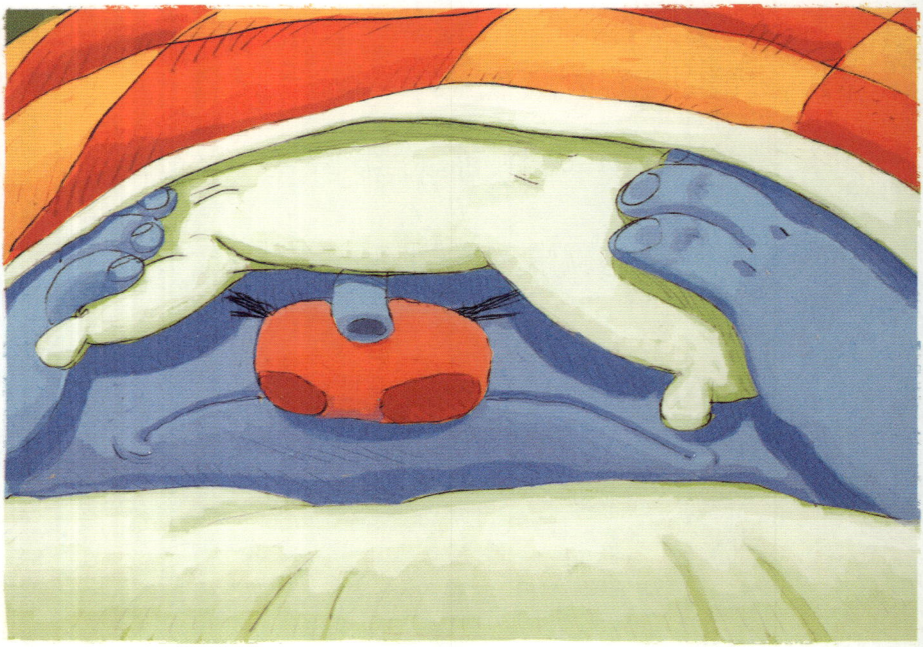

那个外星人邻居是这样称呼他的。所有人都叫他“一个”，从没有人用“朋友”这个词来称呼他……

寒冷的感觉侵袭着“一个”的内心，他想起来了，每次别人躲开他的时候，他心里就是这样的滋味……

一颗大大的泪珠滚落下来。“一个”翻身下床，跑下楼去开门。他的朋友一定还在那里。

“等一等，不要走，你留下吧！你和我长得不像，可你就是你，是独一无二的‘某个’。你如果愿意，今晚可以留在这里过夜。快进来吧，你没有被冻成冰棍吧？”

“谢谢，谢谢！”“某个”说道，“我的宇宙飞船已经被暴风刮跑了。”

“一个”拉住“某个”的手，把他紧紧抱在怀里，热烈欢迎他来到自己的家。

“‘某个’，虽然你长得与众不同，但你和我一样，拥有一颗跳动的真心！”

几天后，“一个”和“某个”建立了深厚的友谊。尽管他们之间有那么多差异，肤色不同，也没有一样的手，可他们还是成了真正的好朋友。

“一个”和“某个”的脸上都挂着灿烂的笑容，他们的皮肤因为情绪激动而变成彩虹的颜色。他们这样打招呼：“朋友们，你们好吗？”

他们把一年四季的服装全都套在身上。

他们在整座城市的每一面废弃的墙上贴画。

他们用一个像鼻子一样的奇怪器官喝饮料。

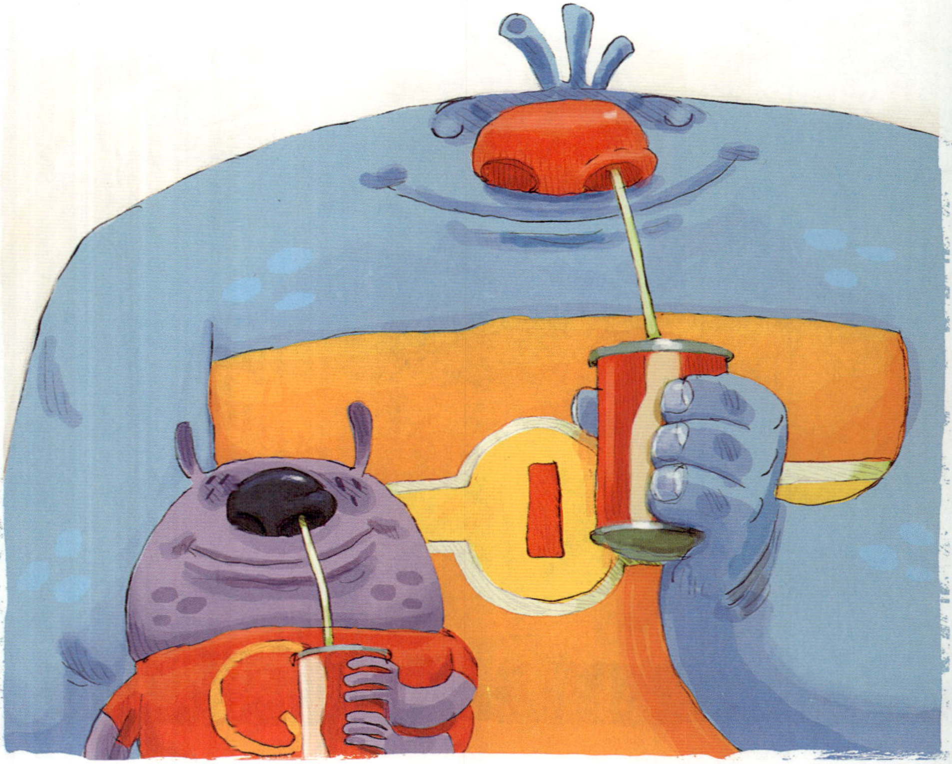

他们踢球的方式也和别人不一样。

他们总是把球踢进自家的球门，而不是对手的球门……

他们总是在一起疯玩，笑起来也很疯狂。

所有人都开始用不同的目光看待他们：“‘一个’和‘某个’一点儿也不一样，可他们总能达成一致。这才是真正的朋友，好棒呀！”

“一个”的宇宙飞船渐渐变得有些拥挤，但“一个”和“某个”的生活变得幸福。

人们开始拜访他们，有的带来一个微笑，有的带来一对打结的鞋带，有的带来一个破了的气球，有的带来一块烤糊了的甜点，有的带来一根可以旋转的超级吸管，还有的给了他们每人一个大大的拥抱。

每一件礼物都与众不同，因为每一个人都独一无二、不同寻常。就像“一个”和“某个”。

又是一个滴水成冰的夜晚，新的来客走下了自己的宇宙飞船，敲响了“一个”的宇宙飞船的门。

不会再有人说这位新访客不能待在这里，也没人说他是一个与众不同的怪物……

他们加了一张床、一条毯子、一杯茶，还有三十盘小点心。

他们挤出一点儿空间，围坐在一起。“一个”和“某个”对新朋友说道：“那么，给我们讲讲你的故事吧……”

“朋友！”

练习

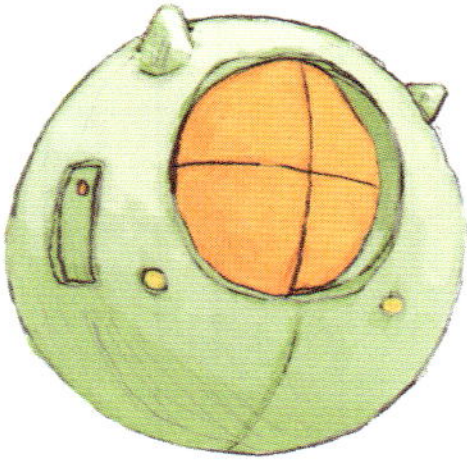

“一个”和“某个”正在踢球，请你帮“一个”找出一条正确的路线，让他可以将球带到“某个”的位置。

请在本页插图中找出下面的四个小图案并圈出它们。

补充下图的空白格子，使每一行每一列都有这四种图案：

给加点的字选择正确的读音。

拜（bái　bài）访

玩耍（shuǎ　suǎ）

毛绒（róng　rǒng）

强劲（jìng　jìn）

旋转（zhuàn　zhuǎn）

熄（xí　xī）灭

筋（jīng　jīn）斗

闷（mèn　mēn）闷不乐

摇摇欲坠（duò　zhuì）

瑟（sī　sè）瑟发抖

读故事，然后填一填。

①一开始，大家都不接受“一个”，是因为他＿＿＿＿＿＿＿＿＿＿＿＿＿＿＿＿。

②“一个”和“某个”一点儿也不一样，还是成了朋友，是因为＿＿＿＿＿＿＿＿＿＿＿＿＿＿＿＿＿＿＿＿＿＿＿＿。

根据示例，从故事中找出恰当的词语填写在括号里。

例：（ 严重 ）的故障

（　　　　）的星系

（　　　　）的生物

（　　　　）的北风

（　　　　　　　　）的夜晚

根据示例，从故事中找出恰当的量词填写在括号里。

例：一（　颗　）行星

一（　　）学校　　一（　　）泪珠

一（　　）巨响　　一（　　）甜点

一（　　）飞船

一（　　）吸管　　一（　　）缝

一（　　）毯子　　一（　　）茶

一（　　）墙

你的朋友是谁呢？你能写出他（她）的名字吗？请你给他（她）画个画像吧。

参考答案

46 页

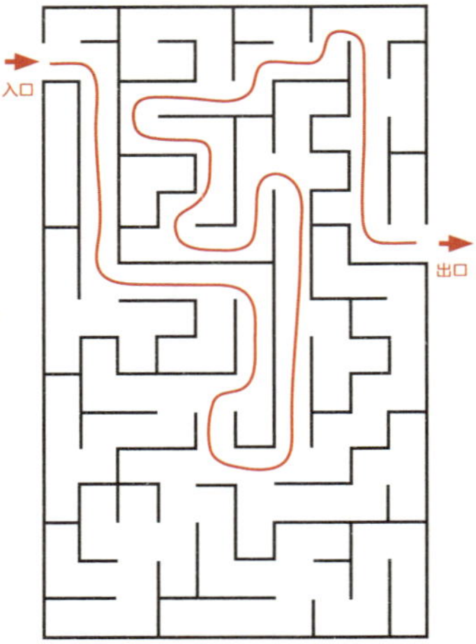

47 页

48 页

49 页

bài　shuǎ　róng　jìng　zhuǎn

xī　jīn　mèn　zhuì　sè

50 页

①跟大家长得不一样

②他们总能达成一致

51 页

遥远　奇怪　强劲

滴水成冰

52 页

所　颗　声　块　艘

根　道　条　杯　面

DULI YUEDU SANBU ZOU DUYIWUER

出版统筹：汤文辉　　责任编辑：霍　芳
品牌总监：李茂军　　助理编辑：屈荔婷
选题策划：李茂军　戚　浩　　美术编辑：刘淑媛
版权联络：郭晓晨　张立飞　　营销编辑：李倩雯　赵　迪
责任技编：郭　鹏

Original title: Uno
Progetto grafico di collana: Clara Battello
Testo: Isabella Paglia
Illustrazioni: Andrea Scoppetta
Impaginazione: Clara Battello e Sara Storari
Redazione: Veronica Fantini

著作权合同登记号桂图登字：20-2022-226 号

图书在版编目（CIP）数据

独立阅读三步走. 独一无二 /（意）伊莎贝拉•帕利亚著；（意）安德雷亚•斯科佩达绘；林凤仪译. --桂林：广西师范大学出版社，2023.2

ISBN 978-7-5598-5543-5

Ⅰ. ①独… Ⅱ. ①伊… ②安… ③林… Ⅲ. ①儿童故事—意大利—现代 Ⅳ. ①I546.85

中国版本图书馆 CIP 数据核字（2022）第 196759 号

广西师范大学出版社出版发行
（广西桂林市五里店路 9 号　邮政编码：541004
网址：http://www.bbtpress.com）
出版人：黄轩庄
全国新华书店经销
北京博海升彩色印刷有限公司印刷
（北京市通州区中关村科技园通州园金桥科技产业基地环宇路 6 号
邮政编码：100076）
开本：880 mm × 1 240 mm　1/32
印张：1.75　　字数：20 千字
2023 年 2 月第 1 版　　2023 年 2 月第 1 次印刷
定价：118.00 元（全 8 册）

初阶

独立阅读三步走

太阳不要走

[意] 马里奥 · 罗迪 著
[意] 劳拉 · 德奥 绘
林凤仪 译

GUANGXI NORMAL UNIVERSITY PRESS
广西师范大学出版社
· 桂林 ·

这一天，太阳的工作做得很不错。

天空中连一小片云朵都没有，太阳把所有的光和热都洒向了陆地和海洋。

在太阳的帮助下，许多花儿绽放了。

水沟里的紫罗兰，草坪上的小雏菊，甚至不知名的小黄花都在温暖的阳光下热烈绽放。

阳光与波涛嬉戏，海洋掀起闪光的浪花。

银色的小鱼也是阳光的玩伴，它们玩得不亦乐乎。

现在，太阳变得又大又红，即将结束这边的工作。

像往常一样，它准备落山，去照亮地球另外一半的陆地和海洋。

这是它每天都要做的工作。

可是今天……

太阳沿着大山滑落下去的时候，低头看了一眼，发现一双亮晶晶的眼睛正盯着自己。

那是一双孩子的眼睛，因为充满了泪水而闪闪发亮。

“今天如此美丽，这个孩子为什么哭了呀？”太阳想。它放慢脚步。“你为什么哭？”它问孩子。

“你不要走！”孩子恳求道。

“我们明天还会见面的，我每天早上都会回来。”太阳说。

“你不要走！你走了我会害怕的！”孩子大喊道。

“你怕什么？”

“怪物。”

“什么怪物？”

“那些只在黑夜里出现的怪物。”

太阳很诧异，说道：“我没见过黑夜。因为每次我来的时候，它就不见了。不过，我听人们说，黑夜也很美……”

“他们都说，夜空中会亮起点点繁星，就像露天剧场。狗会对着月亮吠叫，像是在吟诗……”

孩子打断了太阳的话："夜晚很可怕，总有怪物吓唬我。它来到窗前，把我吓醒。我的心跳得很快，我尖叫着，大声喊妈妈。她问我：'怎么了？''有怪物！'我对她说。可她根本不信。你不要走！"

“‘有怪物’……怪物都有谁呢？它们会做什么呢？”太阳好奇地问道。

“昨晚来了一个可怕的幽灵，它躲在床下。只要我一关灯……”

“它就从床底悄无声息地溜出来，张开血盆大口对我说：‘就现在！我要吃了你！’”

“然后呢？”太阳问。

“我躲在被子下面，可是它……你知道的，作为一个幽灵，它一样能钻进我的被窝。它用看不见的双手抓住我，带着我飞到空中……它把我带到了一座古堡里，房顶上全是蜘蛛网。”

“那里还有许多别的幽灵，全都要吃我！它们吵个不停。

“‘我要把他烤了吃！’最大的一个幽灵说。‘不！今天轮到我当主厨了！’另一个喊道。‘不，轮到我了！’第三个幽灵抗议道。‘不，才不是你！’”

“总之，它们个个都想吃了我！它们都是吃人的幽灵，每天晚上都会抓一个小孩子当晚餐！”

“然后我就逃跑了。紧接着我醒了，从床上滚了下来。求求你了，不要把我一个人留在黑夜里！”

太阳静静地停在山上，表情严肃而又悲伤。

“还有其他怪物吗？”太阳问。

“一天夜里，来了一个女巫。但我不知道她是女巫。她很漂亮，看起来像是一位公主。她走进房间，对我说：‘可爱的孩子，帮帮忙，陪我去找清凉的泉水吧！我好渴呀！’”

“我陪她找到了泉水，可她没有喝，而是念了一句咒语，一股泉水喷了出来，变成了一张像房子一样大的蜘蛛网。她抓住我，把我丢到蜘蛛网上。”

“真是太恶心了！蛛丝缠住了我的腿和手，捂住了我的鼻子和耳朵！我越想逃跑，蛛丝缠得就越紧。”

“与此同时，蜘蛛女巫张开大嘴，向我冲了过来。”

“我尖叫着醒来，妈妈急忙过来看我。我快被吓死了！太阳，求你了，不要走！”

“还有吗？”太阳好奇地问道。

“还有一次，来的是强盗。”

“他把我从爸爸妈妈身边抢走，抓进了深山。我被关进漆黑深邃的洞穴。他把我丢在这里，几天几夜都不给我饭吃。洞穴里有老鼠跑来跑去，还有蛇四处游走。”

“后来，他对我说：‘老实点儿。我要割下你的一只耳朵，把它寄给你爸爸。这样他就会老老实实地付赎金了。’”

“我吓得大叫起来，然后就醒了。”

“幸好耳朵还在，可我还是很害怕！太阳，求你了，不要走！我再也不想经历黑夜了！”

太阳还听他讲了很多恐怖的怪物：藏在地窖里的可怕的恐龙，长着七个脑袋的魔龙……

太阳问孩子：“这些怪物只有晚上才会吓唬你吗？”

“白天我会在电视节目里看到它们，但它们不会对我做什么，因为它们都被困在电视机这个小盒子里，我用遥控器就能把它们送走。可是晚上它们就会跑出来，跟在我屁股后面！”

当太阳和孩子还在继续聊天的时候，月亮升上了天空。

“太阳，该我上班啦！快把天空让给我！”

太阳没有挪开，它对月亮说：“这个孩子害怕黑夜，一直在哭。我们得帮帮他！”

“哪有这么多事！”月亮一边说，一边推了太阳一把。可是它没能独占天空，因为太阳一步都没有动。

与此同时，一个心烦意乱的小偷正在房间里踱来踱去。

小偷很紧张，因为他想借着夜色的掩盖躲避警察的追捕，但夜晚迟迟没有降临。他看着表，心想：“怎么回事？都已经半夜了，太阳还在天上。”

今天晚上，在城市花园中原本会有一场烟花盛会。一切都已经准备就绪，可是夜晚没有降临，人们没法举办盛会！

同样在这个晚上，有一位执勤警卫准备上班。可太阳还高高地挂在空中，因为它还没下定决心落山。警卫只好对妻子说：“我回床上睡觉了，天黑了再叫我。”

山顶上站着一位怒气冲冲的天文学家：“发生了什么？近期有一颗彗星经过地球。为了这次拍摄，我做了那么多准备工作，可太阳就是不落山，天一直亮着，这可真是天大的玩笑！”

就在这时，一只发光的萤火虫从灌木丛中钻了出来，可是没人看得到它的光芒。

月亮、小偷、警卫、天文学家和萤火虫都对着太阳大声呼喊：“太阳太阳快下山，我们需要黑夜！”

孩子恳求道："太阳不要走！我害怕黑夜！"

太阳想出了一个**绝妙的主意**。它对孩子说："你如果害怕黑夜，那为什么不跟着我呢？"

"可我不会飞呀！"

“只要有想象力，无论你想做什么，都能成功！”太阳说，“试试吧！”

“我去骑自行车！”孩子喊道，“等等我！”

孩子跳上小小的魔法自行车，踩了一会儿踏板，就朝着太阳飞了起来。

于是，太阳继续它落山的“旅程”，夜幕终于笼罩了这个世界。

孩子骑着魔法自行车，沐浴着太阳的光辉，

飞过了高山和海洋。

从此，只要太阳落山，孩子就跳上魔法自行车，追随太阳。

他不再梦到怪物，而是在梦中进行着美丽的冒险。

他没有时间看电视了，也不想看电视了。于是，他忘掉了黑夜中的怪物。

练习

男孩在追逐太阳，请你帮他找出一条正确的路线，让他可以来到太阳身边。

请在本页插图中找出下面的四个小图案并圈出它们。

补充下图的空白格子，使每一行每一列都有这四种图案：

给加点的字选择正确的读音。

不亦乐（yuè　lè）乎

踱（duó　dù）来踱去

深邃（suì　suǐ）

地窖（yáo　jiào）

嬉（xǐ　xī）戏

吓唬（hǔ　hu）

绽（zhàn　dìng）放

恳（gěn　kěn）求

诧（chà　chā）异

吠（xiào　fèi）叫

赎（shú　dú）金

笼（lóng　lǒng）罩

根据示例，从故事中找出恰当的量词填写在括号里。

例：一（　片　）云朵

一（　　　）古堡　　　　一（　　　）蜘蛛网

一（　　　）泉水　　　　一（　　　）烟花盛会

一（　　　）彗星

根据示例，从故事中找出恰当的词语填写在括号里。

例：（ 银色 ）的小鱼

（　　　）的浪花　　　　（　　　）的洞穴

（　　　）的幽灵　　　　（　　　）的主意

（　　　）的泉水

读故事，然后填一填。

①这个故事里，希望太阳快下山的有月亮、________、________、________和天文学家。

②孩子不希望太阳下山，是因为________________。

③天文学家希望太阳快下山，是因为________________。

你喜欢白天还是黑夜？为什么？请在下方写一写。

参考答案

48 页

49 页

50 页

51 页

lè　duó　suì　jiào　xī　hu

zhàn　kěn　chà　fèi　shú　lǒng

52 页

座　张　股　场　颗

闪光　漆黑（深邃）　可怕　绝妙

清凉

53 页

①小偷　警卫　萤火虫

②他夜里做梦会梦到怪物

③他要在夜晚拍摄彗星

DULI YUEDU SANBU ZOU　TAIYANG BUYAO ZOU

出版统筹：汤文辉　　　　　　　责任编辑：霍　芳
品牌总监：李茂军　　　　　　　助理编辑：屈荔婷
选题策划：李茂军　戚　浩　　　美术编辑：刘淑媛
版权联络：郭晓晨　张立飞　　　营销编辑：李倩雯　赵　迪
责任技编：郭　鹏

Original title: Paura della notte
Progetto grafico di collana: Clara Battello
Testo: Mario Lodi
Pubblicato in accordo con Grandi & Associati, Milano
Illustrazioni: Laura Deo
Impaginazione: Clara Battello e Sara Storari
Redazione: Veronica Fantini

著作权合同登记号桂图登字：20-2022-226 号

图书在版编目（CIP）数据

独立阅读三步走. 太阳不要走 /（意）马里奥·罗迪著；（意）劳拉·德奥绘；林凤仪译. --桂林：广西师范大学出版社，2023.2
ISBN 978-7-5598-5543-5

Ⅰ. ①独… Ⅱ. ①马… ②劳… ③林… Ⅲ. ①儿童故事—意大利—现代 Ⅳ. ①I546.85

中国版本图书馆 CIP 数据核字（2022）第 196760 号

广西师范大学出版社出版发行
（广西桂林市五里店路 9 号　邮政编码：541004
网址：http://www.bbtpress.com）
出版人：黄轩庄
全国新华书店经销
北京博海升彩色印刷有限公司印刷
（北京市通州区中关村科技园通州园金桥科技产业基地环宇路 6 号
邮政编码：100076）
开本：880 mm × 1 240 mm　1/32
印张：1.75　　　字数：20 千字
2023 年 2 月第 1 版　　　2023 年 2 月第 1 次印刷
定价：118.00 元（全 8 册）

如发现印装质量问题，影响阅读，请与出版社发行部门联系调换。

中阶

独立阅读三步走

第四十一条鱼

[意] 吉娜 · 拉格里奥 著
[意] 恰拉 · 波尔多尼 绘
林凤仪 译

GUANGXI NORMAL UNIVERSITY PRESS
广西师范大学出版社
· 桂林 ·

幽暗的海底世界中，远古的藻类投下斑斑点点的黑影，使海底变得更加阴暗。

鱼妈妈正在呼唤它的孩子们。

它的小宝贝可多了，简直称得上是一个真正的“大家族”——足足有四十一条小鱼！

当然了，和世界上的每一位妈妈一样，它深爱着自己的每一个孩子。

有人说鱼都不能发声，这并不是真的。

这是因为那个人没有听到鱼的话语和歌声。

四十一个宝宝一条接一条，围绕着妈妈，汇聚在一起。四十一条小鱼好奇地眨着眼睛，不安地摆着尾巴。

它们生活在海里，却对这里一无所知。

为了数清孩子们的数量，鱼妈妈不得不让它们像士兵一样列队站好。

小鱼们排成四排，每排十条。

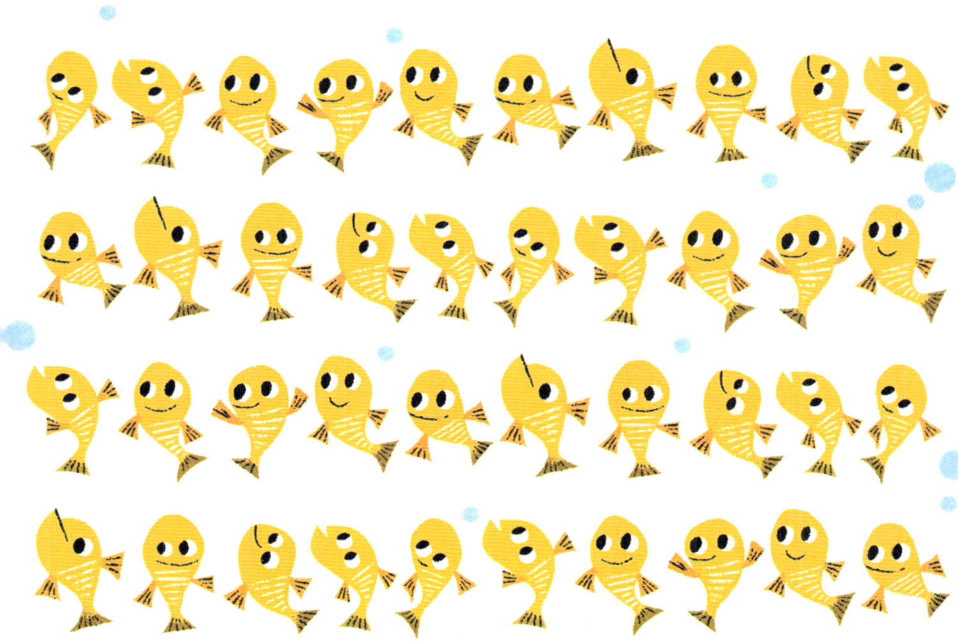

但是总有一条小鱼被挤出队列。

它是最后一个出生的，就数它的个子最小，所以它总是被哥哥姐姐们从一排挤到另一排，从一个位置挤到另一个位置，直到最后被挤出整个队伍。

不过，斯基迪米罗（那个最后出生的小家伙的名字）认为自己拥有指挥的才能。

每一次，斯基迪米罗都挺起胸脯，试着让自己的眼神变得像军人一样威严，对着妈妈庄严地宣告：“队伍整顿完毕，请检阅！”

现在，每一条小鱼都找到了自己的位置，整齐地排好了队伍。附近的水域恢复了平静。它们一言不发，一双双担忧的眼睛齐刷刷地望向妈妈：

斯基迪米罗不见了！

“快检查一下周围的空地。斯基迪米罗个子太小了，真是一点儿也不好找！”

不一会儿，小鱼们就停止了抱怨。因为它们拥有优秀的素养，在困难来临的时候总能很快就满怀斗志和力量。

搜索行动迅速而又准确地展开了：

小鱼们分成了四个小队，每队十个。

它们开始搜寻附近的水域，斯基迪米罗可能潜到了海底，那里的光线很微弱，它很有可能迷路。

“列队整齐，保持队形！全速前进，不许偷懒！孩子们，你们如果靠得够近、速度够快，那么谁也无法伤害你们！”

说完，鱼妈妈转过身，一头朝海底钻去。

与此同时，斯基迪米罗正安安静静地靠在一块礁石旁，享受着宁静的时光。

这里海藻环绕，浪花四溅，礁石上还附着了一层贝类。

贝类又香又甜，海藻又绿又嫩。海底根本不能和这里相提并论。

每当斯基迪米罗和妈妈在海底散步的时候，那里的景色总会让它毛骨悚然。

不过，像它这样一条勇敢的小鱼，是绝不会承认自己害怕的。

想到这里，斯基迪米罗的脑中浮现出另一个念头：自己不应该独自待在这里。

这个时候，妈妈一定担心死了。它向妈妈保证过，要做一个听话的宝宝。

　　小鱼斯基迪米罗有点儿懊悔，不过这种情绪只持续了很短的时间。

　　毕竟像它这样一条只有小拇指那么大的鱼，对于时间并没有什么概念。

温暖的阳光穿过薄薄的水面，把斯基迪米罗温柔地搂在怀里。

海水折射出五颜六色的光芒。慢慢地，小鱼的整个世界先变成火焰的颜色，然后染上绿宝石的色彩，紧接着幻化为天空的蓝色，最后变得和雪一样洁白。

斯基迪米罗渐渐沉入梦乡……

斯基迪米罗幸福地打着呼噜，小脑袋靠着贝类的壳，小尾巴在海水的冲刷下轻轻摆动。

海水轻柔地拍打着小小的礁石，溅起朵朵水花，海面浮起奶油一般的泡沫。

太阳照在碧绿的水面上，几个小时就这样静静地过去了。

和煦的阳光温暖了水面上的一切，也包括水面下那个小小的点，那是一条睡着的小鱼。

周围安静极了。

海胆们早就停止了聊天，它们说起话来总是像吵架一样（这就是为什么海胆总被写成不讨喜的角色）。**樱蛤们**正温柔地注视着礁石旁的新客人——斯基迪米罗。

“黑祖母”浮上了水面，它是一条上了年纪的墨鱼，理应得到大家的尊重。

因此，“黑祖母”要求那些吵吵闹闹的小朋友保持安静，就显得再正常不过了。毕竟它们都是这位“黑祖母”看着出生的！

“现在的年轻人真是越来越没有礼貌了！”

“黑祖母”还没抱怨完，就看到了熟睡的斯基迪米罗。“哎呀，这个小家伙是谁？它是从哪儿来的？”

“黑祖母”一边说，一边朝小鱼游去，想要看得更清楚一点儿。

就在这时，樱蛤们故意搅动海水，扰乱“黑祖母”的视线，想要小小地戏弄一下这位爱唠叨的老奶奶。

谁让它一上来就摆那么大的排场，不让大家说话呢！

“它是斯基迪米罗！”“黑祖母”大声宣称，“它的妈妈一定在找它！”

斯基迪米罗仿佛听到了它的声音，尾巴动了动。

刚清醒，它就看到了两颗乌黑的大眼珠正瞪着自己。

太近了！

斯基迪米罗发出一声尖叫，被吓得连连后退。

斯基迪米罗游得飞快，转眼间已经潜到了水下几米。在这里，已经无法感受太阳的温暖了。

斯基迪米罗被吓坏了，一个念头闯进它的脑海，这个想法前所未有的强烈：“我要回家！”

“妈妈！我一定要马上回到你身边，不惜任何代价！”

哎呀，周围的水怎么这么浑浊？

斯基迪米罗这才明白：我一定睡了很久！

太阳都快沉到地平线下面了，海里很快也会变得漆黑一片。

斯基迪米罗开始到处乱转，它的尾巴疯狂地摆动着，能游多快就游多快。

但这些都是徒劳的，它迷路了，找不到回家的路了。

一群月鱼从斯基迪米罗身边经过。小鱼本来想向它们求助，可是这些鱼儿是那么傲慢，满脸都写着不屑和冷漠。

可怜的斯基迪米罗根本不敢开口。

斯基迪米罗的嘴开始颤抖，鱼鳃张合的幅度也比平时更大。它把头靠到尾巴上，沮丧极了。

斯基迪米罗游到一个银色的**牡蛎**身旁，靠着那光滑的壳，开始抽泣。

过了一会儿，正当斯基迪米罗哭得抽抽噎噎、浑身颤抖的时候，它突然感到周围笼罩着刺骨的寒意。它停止了哭泣，四处张望：就在离它不远的地方，有一道阴冷的目光。那只眼睛闪闪发亮，冷若冰霜，正死死盯着它。修长的身体反射出深青色的光——那是一条青花鱼。

这一次，斯基迪米罗没有尖叫，没有后退，恐惧使它全身瘫软。

它瞪大了双眼，连鱼鳞都一动不动。它待在原地，僵硬地靠在牡蛎的壳上。

连牡蛎也害怕得发起抖来。

斯基迪米罗看着敌人在附近游动——青花鱼的动作那么缓慢，表情那么冷酷。它不慌不忙，自信极了，仿佛眼前的猎物唾手可得。

它一点点靠近，越来越近……

青花鱼的利齿就在眼前，斯基迪米罗心里想着妈妈，它已经准备好了。

这一口毙命的袭击，会咬在自己身上的哪个部位呢？

周围迅速变成一片浓重的黑暗，就像是最深的夜色。

或许是青花鱼把自己一口吞掉了？肯定是这样。这个地方这么黑，一定就是青花鱼的肚子里。可是，在这一片漆黑当中，又是谁在说话呢？声音低低的，却有点儿耳熟。

“小家伙，赶紧从墨水团里钻出来吧。妈妈还在等你回去呢，你回家之后肯定逃不过一顿打！到时你会求我再放一次墨水，把你保护起来！”

斯基迪米罗动了动，然后就看到了一张胖脸，这张脸想做出一副严肃的表情，却忍不住露出了笑意。

“黑祖母”驱散了墨水。

斯基迪米罗尾巴一甩，跳到了那张满是皱纹的脸前，它满怀感激，用小脸在“黑祖母”脸上蹭来蹭去。

“黑祖母”伸出一条“胳膊”，轻轻搭在斯基迪米罗的鱼鳍上，护送它回家。

那条青花鱼呢？

正当它张开大嘴，准备吃掉小鱼的时候，它突然被“黑祖母”喷出的墨水包围了。

这股墨水臭气熏天，青花鱼被熏得头昏脑涨，它立刻用最快的速度逃离了现场，并下定决心至少绝食三天。

那鱼妈妈呢？

当斯基迪米罗被“黑祖母”带回家之后，妈妈真想狠狠地教训它一顿，惩罚一下这个不听话的小家伙。

可是，它看到孩子平安归来，又是多么的开心！它实在装不出愤怒的样子，说不出责备的话。

于是，一切都在一个长长的、长长的拥抱中结束了。

练习

斯基迪米罗想要回家，请你帮它躲过路上那些可怕的青花鱼，顺利回到它的妈妈身边。

下面 A、B 两张图有 5 处不同，你能找出它们吗？请在 B 图相应位置圈出来。

如下图所示，“口”与哪些偏旁能组成一个新字呢？请将组成的字填写在旁边的括号里。

（　　）

又

（　　）土　　目（　　）

（　　）毛　　刀（　　）

口

（　　）壹　　匕（　　）

（　　）垂　　月（　　）

劳

（　　）

给加点的字选择正确的读音。

胸脯（fǔ　pú）

水域（yù　huò）

礁（jiāo　qiáo）石

潜（qián　qiǎn）到海底

毛骨悚（sǒng　sǒu）然

唠（lāo　láo）叨

鱼鳃（sī　sāi）

牡（mǔ　dù）蛎

惩（chéng　chěng）罚

唾（chuí　tuò）手可得

读故事，然后填一填。

①这个故事里，斯基迪米罗离开家人后，遇到的其他生物有海胆、__________、__________、__________、__________和__________。

②斯基迪米罗不见了，大家去海底找它，但它正靠在____________________旁边晒太阳。

③斯基迪米罗差点儿被__________吃掉的时候，是__________救了它。

根据示例，从故事中找出恰当的词语填写在括号里。

例：（幽暗）的海底

（　　）的表情　　（　　）的水面

（　　）的速度　　（　　）的目光

（　　）的拥抱　　（　　）的身体

照样子，写词语。

例：斑斑点点

（　　　　）（　　　　）

（　　　　）（　　　　）

例：齐刷刷

（　　　　）（　　　　）

（　　　　）（　　　　）

根据示例，从故事中找出恰当的词语填写在括号里。

例：（好奇）地眨着眼睛

（　　）地摆着尾巴　　（　　）地排好队伍

（　　）地搂在怀里　　（　　）地靠在壳上

（　　）地打着呼噜　　（　　）地教训一顿

照样子，写词组。

例：又香又甜

又（　　）又（　　）

又（　　）又（　　）

又（　　）又（　　）

又（　　）又（　　）

选择正确的字组词，并将字填写在括号里。

换　　幻

（　　）化　（　　）季　（　　）算　（　　）想

科（　　）　交（　　）　虚（　　）　兑（　　）

汇　　会

（　　）报　（　　）意　（　　）总　（　　）客

体（　　）　机（　　）　词（　　）　开（　　）

根据下面的意思，选出对应的词语，并将序号填写在括号里。

①形容很害怕的样子。（　　）

A. 毛骨悚然　　B. 惊魂未定

②把不同的或相差悬殊的人或事物放在一起来看待（多用于否定式）。（　　）

A. 混为一谈　　B. 相提并论

根据示例，用拟人的修辞手法造句。

温暖的阳光穿过薄薄的水面，把斯基迪米罗温柔地搂在怀里。

参考答案

45 页

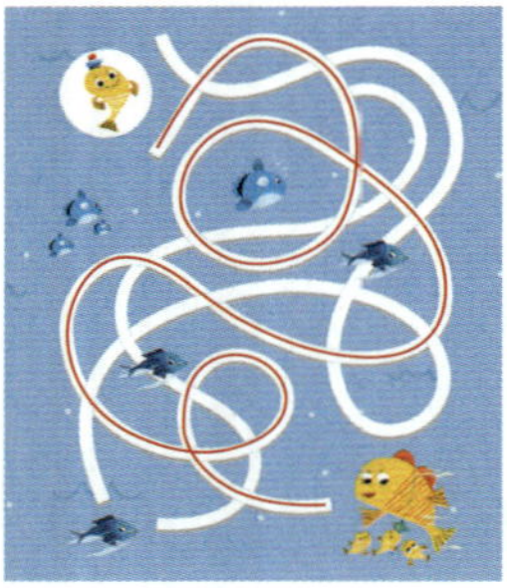

46 页

47 页

叹 叨 叱 唠 唾 噎 吐

（顺时针排列）

48 页

pú yù jiāo qián sǒng

láo sāi mǔ chéng tuò

49 页

①樱蛤 墨鱼 月鱼 牡蛎 青花鱼

②礁石

③青花鱼 “黑祖母”

51 页

不安 整齐 温柔 僵硬

幸福 狠狠

黑 冷 细 长 蹦 跳 白 胖

（合理即可）

50 页

严肃 碧绿 最快 阴冷 长长 修长

密密麻麻 断断续续 吞吞吐吐 安安静静（合理即可）

眼睁睁 白茫茫 孤零零 慢吞吞（合理即可）

52 页

幻 换 换 幻 幻 换 幻 换

汇 会 汇 会 会 会 汇 会

① A ② B

DULI YUEDU SANBU ZOU　DI SISHIYI TIAO YU

出版统筹：汤文辉　　　　　　　责任编辑：霍　芳
品牌总监：李茂军　　　　　　　助理编辑：屈荔婷
选题策划：李茂军　戚　浩　　　美术编辑：刘淑媛
版权联络：郭晓晨　张立飞　　　营销编辑：李倩雯　赵　迪
责任技编：郭　鹏

Original title: Schitimiro e mamma Nasella
Progetto grafico di collana: Clara Battello
Testo: Gina Lagorio
Illustrazioni: Chiara Bordoni
Impaginazione: Clara Battello e Sara Storari
Redazione: Veronica Fantini

图书在版编目（CIP）数据

独立阅读三步走. 第四十一条鱼 /（意）吉娜·拉格里奥著；（意）恰拉·波尔多尼绘；林凤仪译. --桂林：广西师范大学出版社，2023.2
ISBN 978-7-5598-5543-5

Ⅰ. ①独… Ⅱ. ①吉… ②恰… ③林… Ⅲ. ①儿童故事—意大利—现代 Ⅳ. ①I546.85

中国版本图书馆 CIP 数据核字（2022）第 196770 号

广西师范大学出版社出版发行
（广西桂林市五里店路 9 号　邮政编码：541004
网址：http://www.bbtpress.com）
出版人：黄轩庄
全国新华书店经销
北京博海升彩色印刷有限公司印刷
（北京市通州区中关村科技园通州园金桥科技产业基地环宇路 6 号
邮政编码：100076）
开本：880 mm × 1 240 mm　1/32
印张：1.75　　　字数：20 千字
2023 年 2 月第 1 版　　　2023 年 2 月第 1 次印刷
定价：118.00 元（全 8 册）

中阶

独立阅读三步走

偷妈妈的人

[意]宝拉·扎诺奈尔 著
[意]劳拉·雷 绘
林凤仪 译

GUANGXI NORMAL UNIVERSITY PRESS
广西师范大学出版社
·桂林·

这几天，只要她一来，我的心情就会变得很糟糕。

这个女人个子高高的，有一头乌黑的卷发。她的耳朵上戴着金光闪闪的耳环，嘴唇总是涂得红红的，眼睛上画着蓝色和紫色的眼影。

门铃响了！

叮——咚！

我打开门，一个尖尖的声音飘了进来：

“你好呀，小宝贝！”

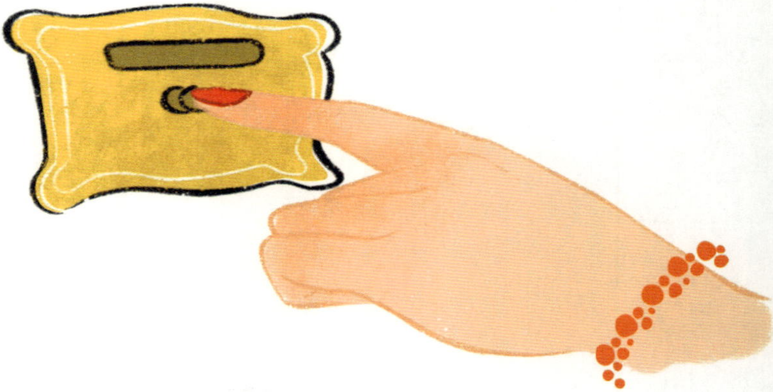

哦，不！是她，偷妈妈的人！

我生气地看着她。

我不想跟她打招呼，也不想和她说话。而她，似乎也没兴趣搭理我，她来到这里，只有一个目的：偷走我的妈妈！

这个女人一进门，妈妈就熟练地把自己关进洗手间。等她出来的时候，脸上挂满了笑容。

哎呀，妈妈的嘴巴也涂得红红的！她画上了绿色和红色的眼影！

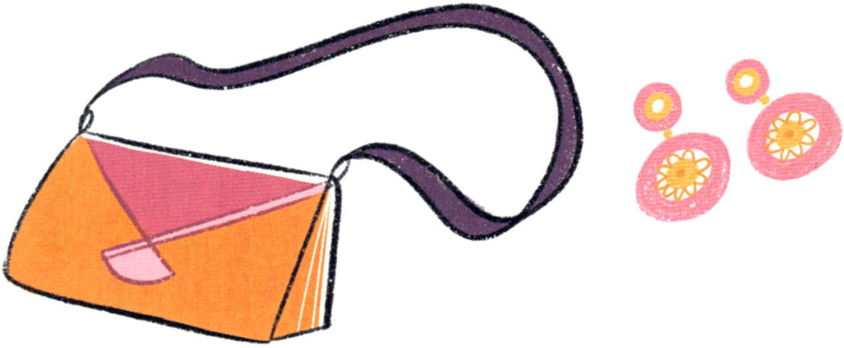

妈妈的眼睛闪闪发光，她穿上外套，拿起包包，在我脸上亲了一下，然后说道：

“做个乖宝宝，跟爸爸在家玩得开心！”

我不想当乖宝宝，也不喜欢脸蛋上红红的印子。我一点儿也不想和爸爸待在家里。

我要妈妈！

为了留下妈妈，我耷拉着脸，要不就大哭大闹，要不就把胳膊挡在眼睛前，做出伤心欲绝的样子。

妈妈说："别演戏啦，乖！我很快就回来！"

可是，她总是回来得很晚。妈妈回来的时候，我都睡着了。

我睡着的时候，有几次感受到妈妈香香的脸庞凑过来，给了我一个吻。

那个女人是谁呢？她是偷妈妈的人！

她没有女儿，也没有儿子。爸爸说，她只有一只猫。那是一只灰色的大肥猫，总是在她的床上睡觉。

爸爸告诉我，这个女人是一位医生，负责把小宝宝带到这个世界。

我担心极了，于是问她："我也是被你接到这个世界来的吗？"

"你不是的。你出生的时候不是我值班。"

"什么意思？"

"你是凌晨两点出生的，那个时候我不在医院。"

　　噢，我知道了！她肯定和平时一样出去散步了，也有可能和其他人的妈妈出去跳舞，直到天亮才回来！

这些都是妈妈不在家的时候，爸爸告诉我的，他想安慰我一下。可他的话一点儿用都没有。

我想：“妈妈为什么更喜欢和那个女人一起出门，而不是带我出去呢？”

爸爸告诉我，她们两个是认识了很久的好朋友，经常一起出去看电影或者下馆子。

为什么她们不能在家看电影呢？我家客厅有一台超大的电视机！

她们为什么不能在家和我们一起吃饭呢？

当我满脸不高兴的时候，她们为什么笑得那么开心呢？

即使是一块石头也有同情心！偷妈妈的人却没有。每次看到我一脸不开心，她总是会爆发出一阵大笑，说道：

“哦，我的天啊，这也太惨了！可怜的小东西，真是让人心疼死了！”

坏女人！那你还笑什么呢？

再看看偷妈妈的人那身打扮，我见过的那些女士，没一个像她这样。

超市里的阿姨们穿着黑色或棕色的外套，裙子不长也不短，围巾不是黑色就是蓝色的。

学校里的女老师们留着短短的头发，穿着白衬衫、蓝色或灰色的高尔夫运动装，年轻一些的穿着牛仔裤。

同学们的妈妈总是穿着套装来接他们放学。冬天她们就换上大衣或者厚外套。

相反，偷妈妈的人的打扮和大家完全不同。

冬天，她会穿一件大红的外套。有时她会穿一件金闪闪的雨衣，雨衣看起来像是金子做的，其实是塑料的！

她从来不扎辫子，总是让头发在风中乱飘。

她经常化妆，涂着深色的口红，画着粗粗的眼线。

偷妈妈的人的打扮总是让我很疑惑：她经常穿尖头的高跟鞋，夏天就换成凉鞋（当然啦，也是高跟的）。

可是，穿着那样的鞋子，她怎么走路呢，还跑得起来吗？能爬山吗？能跳起来吗？

直到这天晚上，偷妈妈的人向我展示了她的技能，穿着这样的鞋子，她居然还能做这些事！

吃晚饭前，她来到了我家。

我立刻想到："妈妈要和她一起出去了！我要和爸爸一起待在家里吃冷冻比萨了！我不要！！！"

不过，妈妈没有外出，尽管她换上了一身优雅的套装。

偷妈妈的人穿着一套紧身的黑衣服，裙子两边开了高高的两道衩。

此刻，她正在全世界最不可思议的高跟鞋上保持着平衡！

那是一双黑色的高跟鞋，透明的鞋跟高极了、细极了。她仿佛只用脚尖就能走路！

我继续盯着那双鞋子，因为我不想抬眼看她，也不想给她笑脸。和往常一样，我没给她好脸色。

我们还没吃完饭，音响里就传出了轻快的音乐。偷妈妈的人“嗖”地站起身，说道：“这个夜晚太棒了，我想跳舞！”

她调大了音量，拉起爸爸的手。舞蹈开始了！踩着“疯狂高跟鞋”的她，拉着穿运动鞋的爸爸，在客厅的地毯上开始舞蹈了！爸爸确实跳得不咋样，可偷妈妈的人跳跃旋转，就像电视节目里的舞蹈演员一样！

这个时候，我的内心燃起熊熊怒火。我再也看不下去了。我尖叫一声，死死抱住爸爸的腿。我想：“不，你休想再抢走我的爸爸！”

爸爸笑了起来，他把我搂在怀里："哎呀，你也想跳舞吗？"爸爸让我抱紧他的脖子，然后开始转圈。偷妈妈的人也没有闲着，她向妈妈伸出一只手，大家一起来跳舞吧！

在这之前，我从没见过妈妈跳舞。此时此刻，她们就像两只旋转的陀螺。她们在舞厅时应该就是这样的吧。

爸爸停了下来，有点儿喘不过气。而我呢，还牢牢地抱着他的脖子，盯着那两个疯狂舞蹈的女人。

当音乐停止时，爸爸用力鼓掌：“你们两个跳得太棒了！”

我根本开心不起来。

对我来说，这场表演一点儿意思都没有。

有一天，偷妈妈的人说：“我们把她也带上吧！”

“她”，应该指的就是我了。

妈妈说：“我不确定这是不是个好主意，她可能会觉得无聊。”

偷妈妈的人耸了耸肩：“不会的。”

于是，这次是我们三个一起出门，坐上了红色小汽车。

她们打开了车里的音响，播放着音乐，还笑得很开心。这两个人总是谈论她们之间的事情，只谈论她们俩的事，没完没了。

我紧紧抓着妈妈的衣角，她看了我一眼，问道：“你怎么啦？”

我掏出一个小盒子，递给妈妈看。可她已经开始和偷妈妈的人说话了。

后来，我们来到了一个大商场。

这里有服装、香水、围巾、手套、包包，还有许多其他东西。

她们两个到处看，到处摸，不停地说着、笑着。妈妈试完这件衣服，又想试那件。

偷妈妈的人说：“这件好看，那件不好看。”

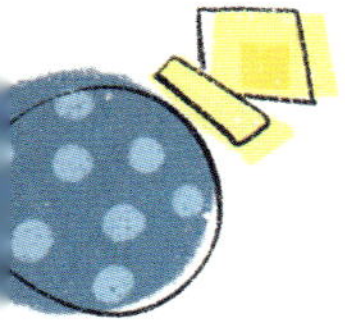

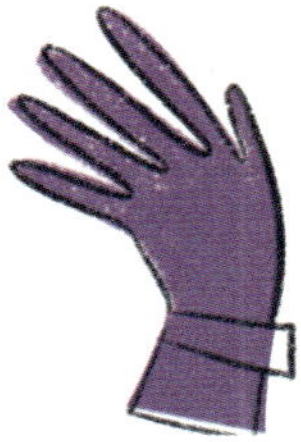

我实在受不了了，真是太无聊了！于是我说：“我们走吧！”

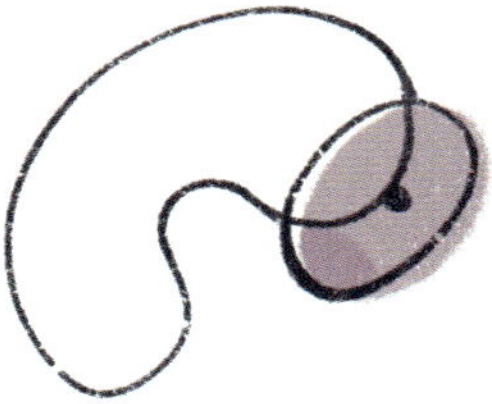

妈妈笑了：“好，宝贝，我们现在就走。”

然后她试了一条围巾，又试了另外一条。

我大喊道："我——们——走——吧！"

妈妈用得意的语气对偷妈妈的人说："看吧，我说对了。"

然后妈妈对我说："为什么不去吃点儿东西呢？"

吃什么东西呀！我只想回家！

我们在一张圆桌前坐下，妈妈点了一份意大利面，还有一杯热可可。

我坐在一个没有靠背的高脚椅上，看起来像是一个被丢在上面的麻袋。

这两个人继续聊个没完，就好像我根本不存在一样。

我从椅子上滑下来，钻到桌子下面，准备在这儿待一辈子。

妈妈发现我不见了，她掀起桌布，靠了过来："嘿，赶紧出来。"

我一动不动。

“来吧，别犯傻啦。”

我干脆躺了下来，这样更舒服。

妈妈坐回原位。我听到她对偷妈妈的人说：“看到了吧，带孩子就是这么累。”

那个坏女人竟然回答：“小孩子都是这个样子啦！”

这一次，门铃响了好半天我才听到。打开门，她就在那里。

我最不想见到的人——偷妈妈的人出现在眼前。

她张开红红的嘴巴，冲我一笑。她说：“你好，宝贝。”

没有“呀”，也没有“小”。

我没说话，脸立刻拉得老长。因为我知道，妈妈马上就要跟她一起出去了。妈妈这会儿还在厨房。

偷妈妈的人对我说："我给你带了个东西。"

我什么都不想要，却忍不住看了看那个用金纸包着的盒子。

她问我："你不想打开看看吗？"

"不！"

"那等会儿我们再一起打开。"

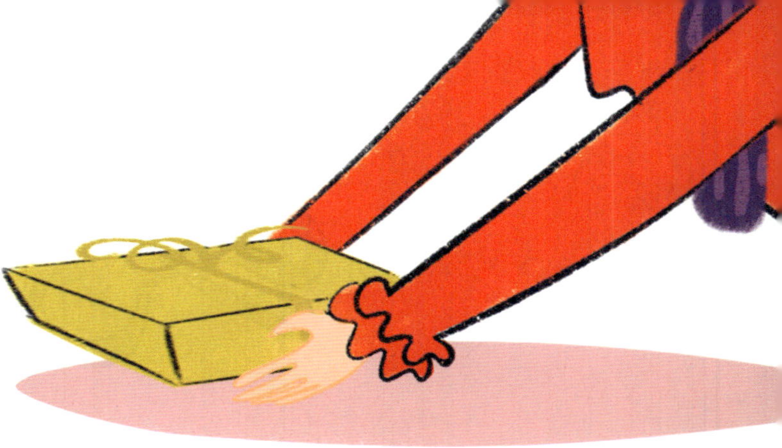

偷妈妈的人把盒子放在客厅的桌子上，然后坐了下来。她看着我，我也看着她。

她的耳坠长长的，她的衣服红红的。

她右胸前还佩戴着一个大大的胸针，是一朵花的形状，上面镶嵌着樱桃一样红艳艳的小宝石，光芒璀璨。

偷妈妈的人发现我正目不转睛地盯着她的胸针，问我：“你喜欢吗？”

我点了点头，意思是“没错”。

她笑了笑，然后摘下胸针，对我说：“让我们看看你戴上它是什么效果。”

我凑了过去，她把胸针别在我的毛衣上。

“哎呀，真是漂亮极了！”

我跑进自己的房间，端详着镜子里的自己。亮闪闪的胸针像是一颗红色的星星。

这时，我听到有人敲门。偷妈妈的人站在门口，问我：“我可以进来吗？”

我思考了一会儿，回答道：“可以。”

她环顾四周，说：“这个房间真可爱。”

我问偷妈妈的人：“你想来一杯咖啡吗？”

她回答道：“非常乐意。”

她坐在扶手椅上，我在洋娃娃的“厨房”里准备咖啡。

我递给她一个粉色的杯子，自己用的是天蓝色的杯子，洋娃娃安娜的杯子则是黄色的。

过了一会儿，妈妈过来了，她问道："你们俩干吗呢？"

偷妈妈的人给我递了一个眼神，回答道："没什么，没什么。这是我们之间的小秘密。"

我对妈妈说道："你快走吧，我们正在一起玩呢！"

妈妈的表情看起来很奇怪，似乎带了一丝懊恼。

她把那个还没打开包装的金色盒子递给我，说道：“我在客厅找到了这个，是你的吗？”

当然是我的！不过，这里面是什么呢……

我打开盒子，拿出一个洋娃娃，它和偷妈妈的人一模一样：

一样的头发，漆黑卷曲。

一样的鞋子，鞋跟细高。

我看着偷妈妈的人，笑着说道：“我们邀请妈妈一起来喝咖啡吧？”

“对呀，你们还没邀请我呢！”妈妈说道。

我和偷妈妈的人一起看着她，结果，偷妈妈的人说道：“杯子不够了，要不你下次再来吧！”

妈妈的表情变得更怪了，就在这时，我突然意识到，一件不可思议的事情发生了。

偷妈妈的人不再是偷妈妈的人了——她变成了偷孩子的人！

练习

请沿着  的顺序走出迷宫。

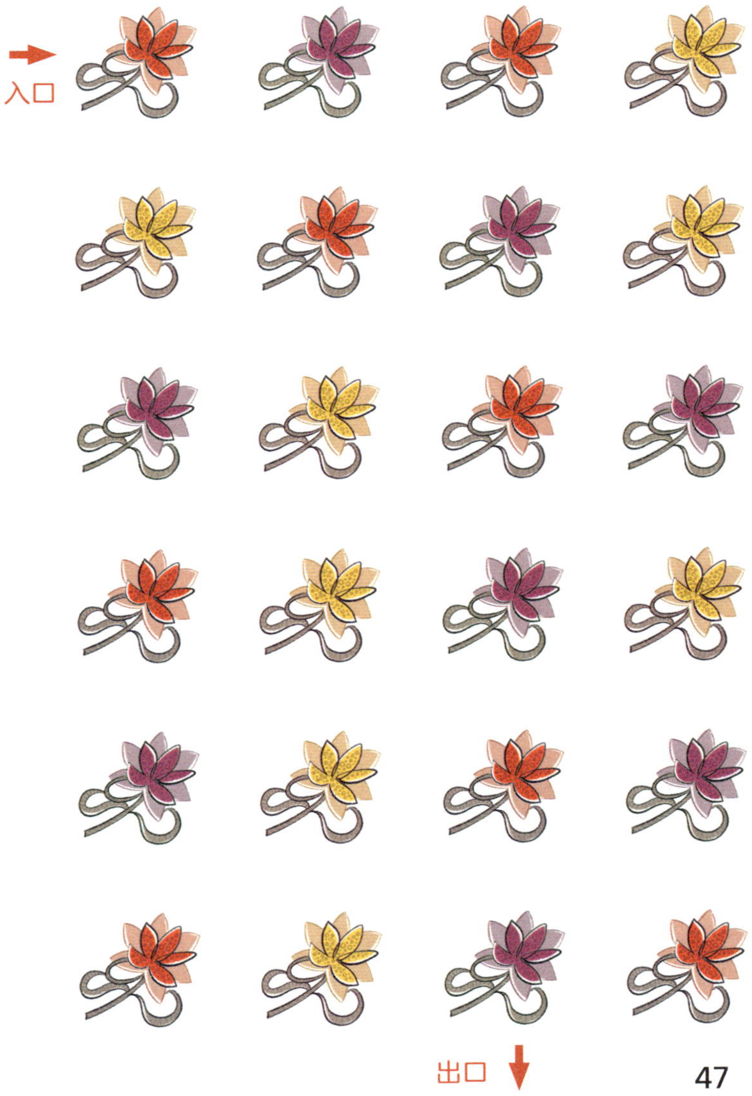

下面 A、B 两张图有 4 处不同，你能找出它们吗？请在 B 图相应位置圈出来。

如下图所示，“扌”与哪些偏旁能组成一个新字呢？请将组成的字填写在旁边的括号里。

（　　）

谷

（　　）丁　　荅（　　）

（　　）立　　欣（　　）

扌

（　　）匕　　页（　　）

（　　）分　　旨（　　）

母

（　　）

给加点的字选择正确的读音。

耷（dā　dá）拉

胳膊（bó　bo）

脸庞（pán　páng）

牛仔（zǎi　zǐ）

陀（tā　tuó）螺

耸（sǒng　sòng）肩

耳坠（zhuì　zuì）

懊（áo　ào）恼

读故事，然后填一填。

①这个故事里，偷妈妈的人最后送给“我”的礼物是一个__________，有着__________的头发和__________的鞋子。

②偷妈妈的人佩戴着一个大大的胸针，上面镶嵌着樱桃一样__________的小宝石。

③“我”的咖啡杯是________色的，偷妈妈的人用的杯子是________色的。

选择正确的字组词，并将字填写在括号里。

画　化

（　　）妆　（　　）布　（　　）石　（　　）像

文（　　）　绘（　　）　图（　　）　美（　　）

指　纸

（　　）针　（　　）巾　（　　）牌　（　　）导

报（　　）　宣（　　）　拇（　　）　戒（　　）

选出句中画线词语的正确意思，并将序号填写在括号里。

①对我来说，这场表演一点儿意思都没有。（　　）

A. 语言文字等的意义　B. 意见，愿望　C. 趣味

②我跑进自己的房间，端详着镜子里的自己。（　　）

A. 详情　B. 仔细地看　C. 端庄安详

根据示例，从故事中找出恰当的词语填写在括号里。

例：（高高）的个子

（　　　）的声音　　（　　　）的语气

（　　　）的脸庞　　（　　　）的事情

（　　　）的音乐　　（　　　）的眼睛

（　　　）的陀螺

照样子，写词语。

例：大哭大闹

（　　　　）（　　　　）

（　　　　）（　　　　）

例：一动不动

（　　　　）（　　　　）

（　　　　）（　　　　）

根据示例，写比喻句。

我坐在一个没有靠背的高脚椅上，看起来像是一个被丢在上面的麻袋。

参考答案

47 页

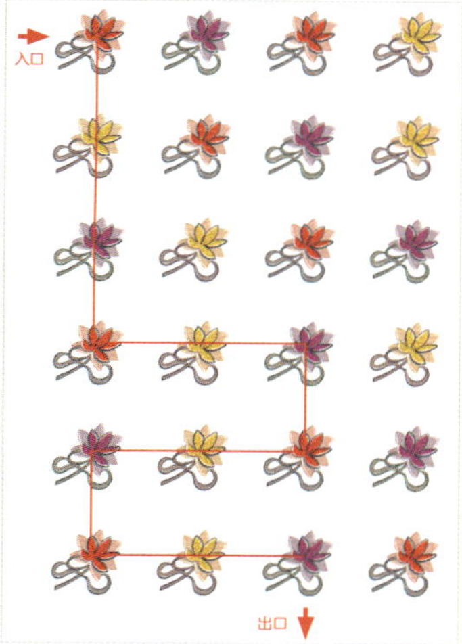

48 页

49 页

搭　掀　指　拇　扮　拉　打

（顺时针排列）

50 页

dā　bo　páng　zǎi　tuó　sǒng

zhuì　ào

51 页

①洋娃娃　漆黑卷曲　鞋跟细高

②红艳艳

③天蓝　粉

52 页

化　画　化　画

化　画　画　化

指　纸　纸　指

纸　纸　指　指

① C　② B

53 页

尖尖　得意　香香　不可思议　轻快　闪闪发光　旋转

大起大落　自言自语　一模一样　十全十美（合理即可）

一丝不苟　一毛不拔　一言不发　一尘不染（合理即可）

DULI YUEDU SANBU ZOU　TOU MAMA DE REN

出版统筹：汤文辉　　责任编辑：霍　芳
品牌总监：李茂军　　助理编辑：屈荔婷
选题策划：李茂军　戚　浩　　美术编辑：刘淑媛
版权联络：郭晓晨　张立飞　　营销编辑：李倩雯　赵　迪
责任技编：郭　鹏

Original title: La rubamamma
献给尼科洛。
Progetto grafico di collana: Clara Battello
Testo: Paola Zannoner
Illustrazioni: Laura Re
Impaginazione: Clara Battello e Sara Storari
Redazione: Veronica Fantini

著作权合同登记号桂图登字：20-2022-226 号

图书在版编目（CIP）数据

独立阅读三步走. 偷妈妈的人 /（意）宝拉·扎诺奈尔著；（意）劳拉·雷绘；林凤仪译. --桂林：广西师范大学出版社，2023.2
ISBN 978-7-5598-5543-5

Ⅰ. ①独… Ⅱ. ①宝… ②劳… ③林… Ⅲ. ①儿童故事—意大利—现代 Ⅳ. ①I546.85

中国版本图书馆 CIP 数据核字（2022）第 196766 号

广西师范大学出版社出版发行
（广西桂林市五里店路 9 号　邮政编码：541004
网址：http://www.bbtpress.com）
出版人：黄轩庄
全国新华书店经销
北京博海升彩色印刷有限公司印刷
（北京市通州区中关村科技园通州园金桥科技产业基地环宇路 6 号
邮政编码：100076）
开本：880 mm × 1 240 mm　1/32
印张：1.75　　字数：20 千字
2023 年 2 月第 1 版　　2023 年 2 月第 1 次印刷
定价：118.00 元（全 8 册）

中阶

独立阅读三步走

电梯里的森林

[意] 芭芭拉 · 普姆霍塞尔 著
[意] 盖娅 · 波尔蒂奇亚 绘
林凤仪 译

GUANGXI NORMAL UNIVERSITY PRESS
广西师范大学出版社
· 桂林 ·

卡米拉走进电梯，她的妈妈在四十九楼上班。这部电梯并不先进，所以速度也不快。卡米拉盯着面前的轿壁，心想："这面壁一点儿颜色都没有呢！"但她又反问自己："白色也是一种颜色，所以不能说没有颜色。那么，这世上存在没有颜色的东西吗？"

眼前这面脏脏的轿壁已经开始发黄，露出了几道淡绿色的印子和几块若隐若现的黑斑，还有几条明显的刻痕。卡米拉开始发挥想象力，自言自语道：“这里看起来像是一棵树，或者是一片笼罩在雾中的树林。当树林被雾笼罩的时候，就会变成脏脏的白色，只露出一抹绿。”

卡米拉试着透过浓雾，去观察那个隐秘的世界。她看了一眼按钮上亮起来的数字。卡米拉已经能从 1 数到 100 了。随着电梯上升，她大声地念出每一层的数字。

七 7

来到第七层楼的时候，一头野猪进来了。雾气渐渐消散。卡米拉脱掉了她的鞋子，现在，她能够感受到光脚踩着的地板了。电梯的自动门关上了。

“我应该感到害怕，”卡米拉心想，“野猪可是很危险的。”可她并不害怕。

野猪通常只出现在林间小路上。

如果卡米拉此时看到了野猪，只能说，林间小路也出现在她幻想的世界里了。

总而言之，卡米拉并不吃惊。随着电梯层层向上，树林似乎变得越来越密。

卡米拉低头看着自己的脚：这双粉嘟嘟的小脚已经有点儿脏了，沾上了灰尘和泥土，大脚趾和二脚趾之间还夹着一根草。

卡米拉知道脚趾有多少根，但她还是数了一遍。重复这些数字，让她感到很快乐。

“野猪有蹄子。”卡米拉这样想。

就在这时，她感到自己似乎踩到了一根刺，于是她向旁边跳了一步，换了个位置。

　　她跳到了一块长满苔藓的“软垫”上，继续数着电梯上的数字。

野猪在水塘前停了下来。

十四 ⑭

电梯来到十四楼，飞进来一只喜鹊。

卡米拉一开始没注意到它，因为她正全神贯注地观察脚下柔软的苔藓“垫子”。就在这时，喜鹊飞到空中，叫道：“喳喳，喳喳，你们好吗？”

喜鹊从卡米拉的右肩跳到左肩，然后啄了啄她那闪闪发亮的发夹，看起来像是在用尖尖的嘴巴清理她的首饰。

“你想要我的发夹吗？”卡米拉问道。

“喳喳，喳喳，谢谢！”喜鹊说道，“你的发夹很漂亮，但是我不能要。我正在旅行，必须轻装上阵，不能携带行李。”

电梯继续上升。

野猪嘴里念念有词：“一，二，三……出发！”

然后它纵身一跃，跳进水塘，在里面快乐地打滚。空气中多了几点水滴，树叶闪闪发光。

喜鹊陪着小女孩走上了一条小路，路边长满了小树。

野猪重复着："一，二，三……出发！"

"它是只能数到三吗？"卡米拉心想，"这不可能，它这么大了，怎么可能只会数到三呢？它应该是为了起跳。每次跳完之后，它就要从头开始数。"

或许重复念数字可以让野猪开心。

卡米拉还是决定继续大声念出电梯楼层的数字。

二十一 21

当电梯来到二十一楼的时候，卡米拉看到一只臭鼬站在外面。

“我可以进来吗？”它礼貌地问道。

得到肯定的回答后，臭鼬走进电梯的角落，电梯继续上升。

臭鼬低声念着什么，像是在背诵。

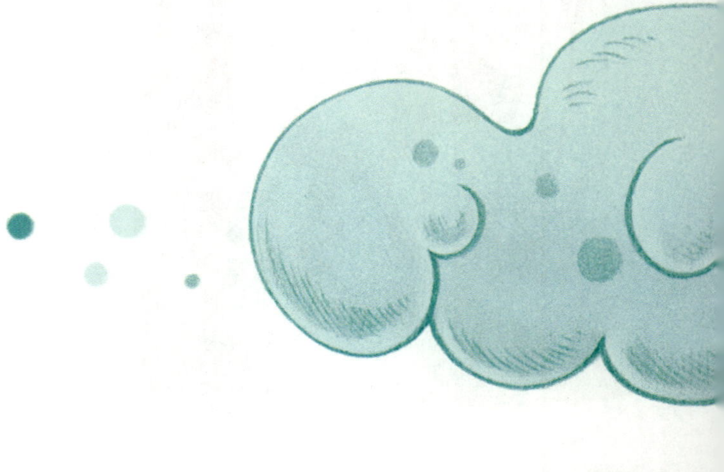

臭鼬一号

臭鼬二号

臭鼬三号

臭鼬四号

臭鼬五号

臭鼬六号

臭鼬七号

卡米拉忧心忡忡地望着臭鼬。它是在计算接下来会进入电梯的小伙伴数量吗？

空气中飘着臭鼬刺鼻的味道和蝴蝶带来的花香，臭味和香味，哪一个好，哪一个坏呢？当然啦，如果没有运送它们的风，味道是无法从一个地方到另一个地方的吧？

臭鼬的味道就是通过风传到人类或动物鼻子里的吧?

一开始，电梯里的风很小。随着树林越来越浓密，风也慢慢变得越来越强劲。

当电梯再次停下的时候，卡米拉便不再思考更多和风有关的问题了。

二十八 28

电梯在二十八楼停下，一只獾走了进来。它带着疑惑的神情走近臭鼬。

“我不记得地址了。”獾说道，“是八号地洞还是五号秘密通道来着？”

臭鼬耸了耸肩，晃了一下尾巴。

卡米拉抬起头，思索道：“为什么电梯停下的楼层，总是七的倍数呢？是有动物想用电梯来做作业吗，或是有动物想好好背一下乘法口诀表？”

獾似乎遇到了难题，这个家伙看起来像是迷路了。

獾需要一部电梯，能够把它带到地下的各个楼层。

或许獾有一张地图，它给所有的地洞和秘密通道都标记了数字，免得迷路。如果地图被其他动物拿到，为了避免泄露隐蔽的小路，地图上的图案就会自动隐形。有的时候，“躲藏”真是一门艺术！

三十五 35

电梯停在三十五楼，一只红松鼠走了进来。这只小小的啮齿动物嘴里还衔着一枚核桃。

它的胸前戴着一块布，上面印着数字“4”。

红松鼠四下张望。

这个小家伙看起来像是要去参加运动会。

红松鼠看到了卡米拉的鞋子，就把核桃放进了其中一只里。

“谢谢你。”卡米拉说。

卡米拉喜欢核桃、榛子，还有松子。

谁都想不到红松鼠会把过冬的食物放到这个地方……

不过可以确定的是，在大树隐秘的洞穴中，红松鼠肯定有不止一个仓库。当然啦，在它的小脑袋里，在它的记忆深处，肯定有一张仓库地图。对于想学数数的红松鼠来说，再也没有比核桃更好的教学工具了。

四十二 ㊷

当电梯在四十二楼停下时，所有乘客都把目光投向了打开的自动门。

一大群绵羊拥了进来。

绵羊们立刻开始清点数量。它们行进的速度很快，又无法在茂密的灌木丛中排成一排，于是很快就数错了，漏掉了一两只。而那些羊羔呢？它们连安安静静地待在原地都做不到。

羊羔们发出刺耳而又欢快的咩咩声，到处跳来跳去。它们跳跃的身姿和野猪大不一样。野猪再次朝水塘纵身一扑，把污泥溅得到处都是。

羊羔甚至可以擦着卡米拉的头跳过去！

还有些羊羔的屁股甚至撅得比脑袋还要高，这个场景逗得卡米拉哈哈大笑：“实在是太滑稽了！”

与此同时，成年绵羊们依然在忙着数数。每次数错，所有羊都会把头转向第一只羊，继续耐心地从头数起。

卡米拉搞不明白，绵羊们这样数数是为了什么。它们是想数清楚有多少只羊进了电梯吗，还是想等晚上数羊的时候能快速入睡？但是到了最后，绵羊们开始数电梯的楼层了。谁知道它们要去哪儿呢！

四十九 ㊾

卡米拉必须在第四十九楼离开电梯了，尽管她很不情愿这样做。

“再见啦！”当卡米拉朝妈妈的办公室走去时，电梯里的所有伙伴对她说道。

妈妈笑着拥抱了卡米拉。

“你真棒！”妈妈说。因为这是卡米拉第一次独自来办公室找妈妈。

接着，妈妈看着卡米拉的赤脚，问道：“你已经发现了通往森林的小路吗？”她又补充道：“瞧瞧啊，你的脚丫子可真脏！让我数数脚趾，它们都在这里吧？”

于是她开始数：“大脚趾、二脚趾、三脚趾、四脚趾，还有这个，可爱的小脚趾！”

卡米拉咯咯直笑，因为妈妈弄得她脚丫子痒痒的：“妈妈，我现在已经长大啦！”

“对了，你的鞋子去哪儿了？”妈妈问道。

她们一起回到电梯，自动门打开了。

“大家都到哪儿去了？”卡米拉问道。

在电梯的角落里，卡米拉的鞋子静静地摆在那里。

左脚的鞋子底部还沾着几块苔藓，内里露出一根黑白相间的羽毛。右脚的鞋子里则装着一枚核桃。

练习

獾迷路了，请你帮它找到回家的路吧。

下面 A、B 两张图有 5 处不同，你能找出它们吗？请在 B 图相应位置圈出来。

A

B

如下图所示，“忄”与哪些偏旁能组成一个新字呢？请将组成的字填写在旁边的括号里。

（　　）

甲

（　　）正　　　　主（　　）

（　　）乙　　　　中（　　）

忄

（　　）尤　　　　亡（　　）

（　　）青　　　　贯（　　）

自

（　　）

给加点的字选择正确的读音。

笼（lóng　lǒng）罩

隐秘（bì　mì）

脚趾（zhí　zhǐ）

苔藓（xiǎn　xiān）

啄（zhuō　zhuó）了啄

獾（guàn　huān）

忧心忡（chōng　zhòng）忡

强劲（jìn　jìng）

泄露（lù　lòu）

啮（niè　liè）齿

榛（qín　zhēn）子

滑稽（jī　jì）

读故事，然后填一填。

①这个故事里，卡米拉在电梯的森林中，见到的动物有野猪、__________、__________、__________、__________和__________。

②卡米拉妈妈的办公室是在第________层。

③松鼠是在第__________层进入电梯的，嘴里衔着一枚__________，胸前挂着的布上印着数字________。

根据示例，从故事中找出恰当的词语填写在括号里。

例：（隐秘）的世界

（　　　）的黑斑　　　（　　　）的灌木丛

（　　　）的苔藓　　　（　　　）的脚趾

（　　　）的发夹　　　（　　　）的羽毛

（　　　）的味道

照样子，写词语。

例：若隐若现

（　　　　）（　　　　）

（　　　　）（　　　　）

例：粉嘟嘟

（　　　　）（　　　　）

（　　　　）（　　　　）

选出句中画线词语的正确意思，并将序号填写在括号里。

①或许重复念数字可以让野猪开心。（　　　　）

A.（相同的东西）又一次出现

B. 又一次做（相同的事情）

②卡米拉必须在第四十九楼离开电梯了，尽管她很不情愿这样做。（　　　　）

A. 宁愿，宁可　　　　B. 心里愿意

根据示例，用句中画线的关联词造句。

林间小路不仅出现在她的小脑瓜里，还出现在她的幻想世界里。

……………………………………………………

……………………………………………………

……………………………………………………

……………………………………………………

故事中，每当电梯到达的层数是 7 的倍数时，都会进来一种小动物，你还记得它们吗？ 7 的倍数都有哪些呢？让我们看下九九乘法表回忆一下吧。

1×1=1			
2×1=2	2×2=4		
3×1=3	3×2=6	3×3=9	
4×1=4	4×2=8	4×3=12	4×4=16
5×1=5	5×2=10	5×3=15	5×4=20
6×1=6	6×2=12	6×3=18	6×4=24
7×1=7	7×2=14	7×3=21	7×4=28
8×1=8	8×2=16	8×3=24	8×4=32
9×1=9	9×2=18	9×3=27	9×4=36

5×5=25				
6×5=30	6×6=36			
7×5=35	7×6=42	7×7=49		
8×5=40	8×6=48	8×7=56	8×8=64	
9×5=45	9×6=54	9×7=63	9×8=72	9×9=81

参考答案

45页

46页

47页

忡 忙 惯 情 忧 忆 怔

（顺时针排列）

48页

lǒng mì zhǐ xiǎn zhuó huān

chōng jìng lòu niè zhēn jī

49页

①喜鹊 臭鼬 獾 红松鼠 绵羊

②四十九

③三十五 核桃 4

50页

若隐若现 茂密 柔软 可爱

闪闪发亮 黑白相间 刺鼻

自言自语 无影无踪 多才多艺

十全十美（合理即可）

红彤彤 金灿灿 黑乎乎

绿油油（合理即可）

51页

① B ② B

DULI YUEDU SANBU ZOU　DIANTI LI DE SENLIN

出版统筹：汤文辉　　责任编辑：霍　芳
品牌总监：李茂军　　助理编辑：屈荔婷
选题策划：李茂军　戚　浩　　美术编辑：刘淑媛
版权联络：郭晓晨　张立飞　　营销编辑：李倩雯　赵　迪
责任技编：郭　鹏

Original title: Un cinghiale in ascensore
Progetto grafico di collana: Clara Battello
Testo: Barbara Pumhösel
Illustrazioni: Gaia Bordicchia
Impaginazione: Clara Battello e Sara Storari
Redazione: Veronica Fantini

著作权合同登记号桂图登字：20-2022-226 号

图书在版编目（CIP）数据

独立阅读三步走. 电梯里的森林 /（意）芭芭拉·普姆霍塞尔著；（意）盖娅·波尔蒂奇亚绘；林凤仪译. --桂林：广西师范大学出版社，2023.2
ISBN 978-7-5598-5543-5

Ⅰ. ①独… Ⅱ. ①芭… ②盖… ③林… Ⅲ. ①儿童故事—意大利—现代 Ⅳ. ①I546.85

中国版本图书馆 CIP 数据核字（2022）第 196773 号

广西师范大学出版社出版发行
（广西桂林市五里店路 9 号　邮政编码：541004
网址：http://www.bbtpress.com）
出版人：黄轩庄
全国新华书店经销
北京博海升彩色印刷有限公司印刷
（北京市通州区中关村科技园通州园金桥科技产业基地环宇路 6 号
邮政编码：100076）
开本：880 mm × 1 240 mm　1/32
印张：1.75　　字数：20 千字
2023 年 2 月第 1 版　　2023 年 2 月第 1 次印刷
定价：118.00 元（全 8 册）

高阶

独立阅读三步走

粉色自行车

[意]伊莱娜·比恩米 著
[意]玛利亚·路易莎·迪·格拉维奥 绘
林凤仪 译

GUANGXI NORMAL UNIVERSITY PRESS
广西师范大学出版社
·桂林·

马可独自待在卧室里，正因一个问题而烦恼：他还不会骑自行车！

“现在，我已经是个大人了……我都六岁半了！我可以自己刷牙、穿衣服、梳头发，我还会阅读和写字！我该把自行车上的辅助轮卸下来了！”

马可说到做到。

八月底的一个下午，一切都刚刚好。

吃完丰盛的下午茶，马可对妈妈说：“我准备好了！”

不用再多说一句，妈妈已经明白了马可的意思，她开始为出门做准备。

妈妈来到车库，取出工具箱。她卸下辅助轮，调整好刹车，给链条上了润滑油，再给轮胎打好气。

一辆完美的钴蓝色自行车，一个完美的下午，马可开始学骑车！

马可戴上他的蜘蛛侠头盔，仿佛一个英勇的战士戴上了钢盔。

他推着自行车，迈着坚定的步伐，朝公园走去。

出人意料的是，尽管天气十分闷热，公园里却人山人海。

马可的朋友们好像都在这里了：迪亚戈、保罗、卢卡，当然，还有哪儿都少不了的“调皮大王”——朱利奥·曼奇尼。

马可老远就看到了这群人。有那么一瞬间，他真想掉头回去，但最终还是鼓起了勇气。

妈妈跟在马可身后，她在附近的长椅上坐下，开始玩填字游戏。

“我们正准备进行一场自行车比赛呢，你也一起来吗？”朱利奥·曼奇尼直直盯着马可的双眼，他的语气像往常一样，充满了挑衅的意味。

“我不知道……我妈妈在等我，我可能没时间……”

不远处的妈妈朝他们挥了挥手，打完招呼，她继续专心致志地玩填字游戏。

看起来，她一点儿也不着急呀。

哎呀，真烦人！

这下马可遇到麻烦了，除了说实话，好像没有别的办法。或许，他应该回答：“我没法参加比赛，因为我只会骑有辅助轮的自行车。”

可是，面对这群朋友，他实在说不出口。他们个个身手不凡，膝盖上的伤仿佛都变成了值得夸耀的勋章。

迪亚戈脚踩踏板，屁股离开了车座；保罗只用一只手扶着车把，就能把车子蹬得飞快；卢卡直接连车把都不扶了，两只手在空中乱舞。

朱利奥？更不用提了，他看起来简直像是马戏团里的杂技演员！

他们可真厉害啊！

“好吧，但我只比一局。”最后，马可用微弱的声音回答道。

起跑线设在斜坡的顶部。马可觉得自己像是在坐过山车，而且腰间还没绑安全带！

不得不说，在这种情况下，马克选择去掉辅助轮骑车，并不明智。

但有的时候，我们就是会这样做出决定：眼睛一闭，根本不听大脑的想法。

有了这样糟糕的开头，故事的结局往往也一样糟糕。

一场灾难即将发生！

不用描述更多细节。

出发的哨声响起后，不过短短几秒，马可就狠狠地摔倒在地上，钴蓝色的自行车重重地压在他的身上。

幸运的是，蜘蛛侠头盔保护了他的小脑袋瓜，不然情况肯定会更加糟糕。

妈妈赶紧跑过来帮忙，马可的朋友们则一脸吃惊地望着他。

朋友们无法理解：在这样一段短短的路程中，怎么会发生这样的意外呢？

“你的刹车坏了吗？”迪亚戈问。

“你的轮胎漏气了吗？”保罗问。

“第一次骑没有辅助轮的自行车，就从山坡上往下冲，你怎么想的呀？”妈妈这句话一说出来，所有的疑问全都烟消云散。

马可站了起来，一瘸一拐的他小声说道：“我们回家吧，拜托了。”

几天后，马可身上的伤好了，自行车也粉刷一新，可是马可受伤的心还没有痊愈，他再也不想跨上自行车了：他的心里充满了恐惧和羞耻感。

然而，在一个美好的傍晚，发生了这样一件事，改变了故事的走向。

马可的小猫咪——毛茸茸的巴图芙洛，正在花园里追逐着橡胶小球。

小球滚进了车库，巴图芙洛紧跟在球后面，而马可跟着猫咪。

车库的角落里停放着姐姐卡特莉娜的旧自行车。车把手前方有一个小篮子，篮子底部还有一个薄薄的小垫子。

巴图芙洛望了望那辆自行车，又转头看着马可。它抬起小爪子，把脑袋靠在马可的腿上。

猫咪的意思很明确。

“巴图芙洛，你现在长这么大了！我该怎么把你放进去呢？”

马可把猫咪抱在怀里，然后把它轻轻地放在车筐里的小垫子上。

令人难以置信的是，巴图芙洛居然肯安静地待在车筐里——除了有点儿挤以外，一切看起来都那么完美。

马可不禁回忆起姐姐骑车兜风时的样子：她骑着这辆粉色的自行车，车筐里载着惊恐万状的小巴图芙洛，猫咪的毛在风中变得凌乱不堪。

马可不由得笑了起来。他一边回忆着这个滑稽的画面，一边推着自行车来到了院子里。

马可仔细检查了姐姐的自行车：车身上蒙着一层灰尘，车链子也有点儿生锈了，但这辆车还是很漂亮的，而且，它没有装辅助轮。

马可没想太多。他戴好头盔，握住车把，迈着轻快的步伐朝街上走去。

现在正是黄昏，街上只有一位遛狗的老奶奶，以及一对热恋中的情侣。

马可坐在车座上，小心翼翼地将右脚放在踏板上。奇怪的是，他的脚没有颤抖，而是稳稳地踩着踏板。

马可试着蹬了一下踏板，车把一歪，车身一晃，马可一阵紧张：他怕摔坏了巴图芙洛。

猫咪却安安静静地坐在它的小垫子上，一双眼睛半闭着，好像快要睡着了。

于是，马可又试了一次。他左脚向下一蹬，紧接着右脚也蹬了下去。

车把左右摇晃，可他的手一直握得很牢。

车轮开始转动，自行车开始移动。

自行车起初时走时停，后来就顺滑地行驶起来。

最后……

自行车飞了起来！

天啊，自行车起飞了！

车子载着马可离开了地面，朝着空中飞去。

马可继续蹬着踏板，自行车朝着更高的地方飞去。

他们飞过最高的树，眼前的景色美得令人屏住了呼吸。

“我正在飞翔！”马可觉得自己轻得像一根羽毛，快乐得像过节一样。

他不敢相信眼前的一切：“这一定是魔法！”

在高空中，马可看到了一片小树林，原来他已经到了公园附近。

他想：“这感觉实在太棒了！我去瞧瞧朋友们。”

马可飞到公园的上空，眼前这一幕使他大吃一惊：朱利奥·曼奇尼正在独自训练，他骑着自行车从小山坡上直冲下去。

马可心想："他一定很怕输掉自行车比赛。"

这天晚上，马可回到家里。他开心极了，笑容像是被牢牢印在了脸上。

妈妈、爸爸还有卡特莉娜都一脸疑惑地看着他。

马可问姐姐：“我可以借一下你的自行车吗？”

听了弟弟的话，卡特莉娜似乎很高兴。

“没问题，亲爱的弟弟。不过，你要明白，这可是一件大礼哦！那是一辆魔法自行车，你知道的，对吧？”卡特莉娜对弟弟眨了眨眼，仿佛在暗示什么。

“当然啦，我知道。”马可回答道。

在接下来的几天里，马可一直在家里的小院子中练习骑车，慢慢有了进步。

直到一个周日的早上，他决定把巴图芙洛放进车筐，一起去家附近的公园转转。马可很确定，他会在公园里遇到朋友们。

果然，他很快就遇到了朱利奥·曼奇尼！朱利奥立刻抓住机会，想捉弄马可："粉色的自行车！这是给女孩子骑的吧？"

“不，这是一辆魔法自行车！”马可毫不犹豫地回答道。

他又补充道：“你们想去公园后面的小树林里转转吗？那儿有一个湖，湖里有很多鸭子和乌龟，我带了一些食物，可以去喂它们。”

“我们还没比赛呢！”朱利奥大声说道。

“哎呀，比赛的事情晚点儿再说！”迪亚戈答道。

“骑车小分队”跟着马可，朝着小树林的方向出发。

朱利奥·曼奇尼一脸不高兴，挂在队伍的尾巴上。

一到湖边，大家就把自行车丢在草坪上，开始相互追逐，跳上跳下，开怀大笑。

他们能够摆脱“必胜”的压力，开开心心地游戏，这种感觉真是太棒了！

我们不知道卡特莉娜的自行车到底有没有飞上天，但可以确定的是，马可再也不怕从自行车上摔下来了，他也不怕骑着粉色的自行车外出郊游啦。

练习

马可正同他的伙伴一起前往公园后面的湖，请你按照每一步增加 2 的数字顺序，帮助他们找到正确的路线。

你能在右侧白纸上绘制出以下图形的镜像图吗？试试看。

如下图所示，“心”与哪些偏旁能组成一个新字呢？请将组成的字填写在旁边的括号里。

（　　）

亡

（　　）不　　　土（　　）

（　　）丿　　　刃（　　）

心

（　　）太　　　申（　　）

（　　）乍　　　奴（　　）

亚

（　　）

由“人山人海”扩展出的填字游戏，你能把缺失的地方都填上吗？

						强	颜		笑	
		非			开			呼		
		同				可	罗	雀		
		小			见			跃		
	不		告	人	山	人	海			
				杰			枯			
				地		一		二	鸟	
							烂		语	
				丹		震			花	
	莫	名	其	妙			色	古	香	
				药		烁				
						今				

读故事，然后填一填。

读完这个故事以后，我们知道了：骑自行车前，要检查自行车的 ________ 是否调整好，轮胎是否 ________，同时骑车人要记得戴上 ________，这样可以保证安全。

给加点的字选择正确的读音。

调（diào　tiáo）整

闷（mèn　mēn）热

挑衅（xìn　xìng）

刹（shā　chà）车

钴（gū　gǔ）蓝色

毛茸（róng　rǒng）茸

薄（bó　báo）薄的小垫子

选择正确的字组词，并将字填写在括号里。

漏　　露

（　　）天　（　　）气　（　　）骨　（　　）勺

遗（　　）　走（　　）　揭（　　）　暴（　　）

哺　　辅

（　　）助　（　　）育　（　　）导　（　　）佐

教（　　）图书　（　　）乳动物

照样子，写词语。

例：人山人海

（　　　　　　）（　　　　　　）

（　　　　　　）（　　　　　　）

例：安安静静

（　　　　　　）（　　　　　　）

（　　　　　　）（　　　　　　）

选出句中画线词语的正确意思，并将序号填写在括号里。

他的语气像往常一样，充满了挑衅的<u>意味</u>。

（　　　）

A. 含蓄的意思　　　B. 趣味

请在括号中填写下列词语的反义词。

英勇——（　　　）　　　明智——（　　　）

丰盛——（　　　）　　　凌乱——（　　　）

微弱——（　　　）

根据下面的意思，选出对应的词语，并将序号填写在括号里。

①一心一意，集中精神。（　　　）

②形容举动十分谨慎，丝毫不敢疏忽。（　　　）

A. 小心翼翼　　　B. 专心致志

请在括号中填写下列词语的近义词。

闷热——（　　　）　　　滑稽——（　　　）

惊恐——（　　　）　　　羞耻——（　　　）

夸耀——（　　　）

根据示例，用句中画线的关联词造句。

他一边回忆着这个滑稽的画面，一边推着自行车，来到了院子里。

....

....

....

....

....

参考答案

45页

46页

47页

忘　忍　怒　恶　怎　态　必

（顺时针排列）

48页

欢　门　可　石　灵　古（从上到下）

49页

刹车　打好了气　头盔

tiáo　mēn　xìn　shā

gǔ　róng　báo

50页

露 漏 露 漏

漏 漏 露 露

辅 哺 辅 辅

辅 哺

51页

一瘸一拐　人来人往　无时无刻　实话实说（合理即可）

开开心心　干干净净　整整齐齐　红红火火（合理即可）

52页

A

胆怯　愚蠢　短缺　整齐

强烈（合理即可）

53页

① B　② A

炎热　有趣　害怕　耻辱

炫耀（合理即可）

DULI YUEDU SANBU ZOU　FENSE ZIXINGCHE

出版统筹：汤文辉　　　　　　责任编辑：霍　芳
品牌总监：李茂军　　　　　　助理编辑：屈荔婷
选题策划：李茂军　戚　浩　　美术编辑：刘淑媛
版权联络：郭晓晨　张立飞　　营销编辑：李倩雯　赵　迪
责任技编：郭　鹏

Original title: La bicicletta rosa
Progetto grafico di collana: Clara Battello
Testo: Irene Biemmi
Illustrazioni: Maria Luisa Di Gravio
Impaginazione: Clara Battello e Sara Storari
Redazione: Veronica Fantini

图书在版编目（CIP）数据

独立阅读三步走. 粉色自行车 /（意）伊莱娜・比恩米著；（意）玛利亚・路易莎・迪・格拉维奥绘；林凤仪译. --桂林：广西师范大学出版社，2023.2
ISBN 978-7-5598-5543-5

Ⅰ. ①独… Ⅱ. ①伊… ②玛… ③林… Ⅲ. ①儿童故事—意大利—现代 Ⅳ. ①I546.85

中国版本图书馆 CIP 数据核字（2022）第 196758 号

广西师范大学出版社出版发行
（广西桂林市五里店路 9 号　邮政编码：541004
网址：http://www.bbtpress.com）
出版人：黄轩庄
全国新华书店经销
北京博海升彩色印刷有限公司印刷
（北京市通州区中关村科技园通州园金桥科技产业基地环宇路 6 号　邮政编码：100076）
开本：880 mm × 1 240 mm　1/32
印张：1.75　　　字数：20 千字
2023 年 2 月第 1 版　　2023 年 2 月第 1 次印刷
定价：118.00 元（全 8 册）

高阶

独立阅读三步走

来自同一棵树的茶

[意] 克里斯蒂娜 · 派蒂特 著
[意] 安娜 · 西蒙奥妮 绘
林凤仪 译

GUANGXI NORMAL UNIVERSITY PRESS
广西师范大学出版社
· 桂林 ·

泡芙小姐并不是一直像个泡芙一样圆滚滚的。

只不过很长时间以来，她都是这个形象，所以没人记得她原来的样子了。

泡芙小姐喜欢烹饪，但闭着眼睛跳舞才是她的最爱。

她最喜欢在黎明和黄昏时分跳舞，为了向太阳问好，为了和月亮打招呼。

当泡芙小姐跳舞的时候，她轻盈得像一片茶叶。一双脚轻快地舞动，就像在水中游弋的银鱼。

泡芙小姐住在一栋高楼里，楼下有一座非常美丽的花园。

泡芙小姐住在五楼。她经常在楼上看孩子们骑着五颜六色的自行车在楼下兜风或玩球。

泡芙小姐偶尔也会感到疲惫，比如，她不得不吸气才能通过那道窄窄的小门。

累了的时候，她就坐在单人沙发椅上休息一会儿。

总的来说，她的生活简单又快乐。

泡芙小姐喜欢看电影，尽管有危险的镜头时她会把眼睛闭上。

周末她会玩纵横填字游戏，一口气写一百多道。

泡芙小姐做好了美味的水果甜点，把它们放到阳台冷却。

在花园里玩耍的孩子们闻到了香味，就抬起头在天上搜寻。

他们实在搞不明白，这香味到底是从哪儿来的。

泡芙小姐经常在 17：15 到 18：20 之间去购物。

有几次，她从商场出来，提着大包小包过马路的时候，看到了路边的孩子们。

泡芙小姐似乎对什么都不在意。她时常眺望远方，尽管那里只有一片虚无。

有一天，她注意到一个坐在第一级台阶上的孩子，他正观察着来来往往的行人。

男孩有个爱好，就是根据行人走路的样子和速度，猜测他们的身份，以及他们要去哪儿。

男青年脚上穿着皮鞋，迈着和父亲一样匆忙的步伐，他们都要赶着去上班。

运动鞋拉扯着运动员的脚，想让它们跑得更快一点儿。

高跟鞋摇摇晃晃，像是杂技演员手中的平衡杆。

转过弯，停好车。

完成这一系列动作后，鞋子发出一连串声响。

听得出来，是妈妈回来了。

“你好吗？”泡芙小姐温柔地问道。这是她第一次停下来和这个男孩说话。

“我很好！”

“你叫什么名字？”

“奥泰罗。”

“你怎么总是一个人在这里呢？为什么不去和小区里其他的孩子一起玩？”

“因为他们只会踢球，而我跑不了一会儿就累得不行了。我一点儿也不喜欢足球！”

“我明白了……我也很容易感到疲劳！你想上楼吃一块甜点吗？”

“妈妈说我不能吃甜点……因为我有点儿胖……只有一点点胖！但是安德烈医生总是这样对妈妈说，所以妈妈也总是这样对我说。”

“那么，我们可以喝喝茶，玩玩纸牌。”泡芙小姐笑起来眼睛弯弯的，像是一弯新月。

这一天，奥泰罗学会了纸牌的好几种玩法，也尝过了泡芙小姐家所有种类的茶。

一天，老师给孩子们布置了一篇作文：写自己最喜欢的人。

奥泰罗选择了泡芙小姐：“我喜欢去泡芙小姐家，因为她和我认识的其他人都不一样。”

“她不像我的父母，也不像我的老师。只有和她在一起的时候，我才会忘记那个游戏。那个我经常和爸爸一起玩的游戏。”

“那个游戏的名字叫作‘陌生人，让我猜猜你是谁’。比如，在公交车上，或是在电影院里，我们会绞尽脑汁猜测陌生人的身份，玩得非常开心。”

“但是泡芙小姐不玩这个游戏。因为她和我认识的其他人都不一样，我很喜欢这一点。

“我也很喜欢她的家，因为那里有许多我从没见过的东西。

“她有一台机器，可以把塑料袋里的空气抽出去，这样袋子里的东西就可以保存很久。”

有一次，当他们玩过纸牌、喝完茶之后，奥泰罗帮泡芙小姐把冬天的围巾收进塑料袋。

泡芙小姐说："搞定啦！我已经从你们身上摘下了整个冬天的风，现在你们可以好好休息啦，我可爱的围巾们！"

奥泰罗正看着跟围巾说话的泡芙小姐，她突然抬起头，对他调皮地眨了眨眼。

“泡芙小姐总会说一些别人不会说的话，做一些别人不会做的事。”回家的路上，奥泰罗在乘电梯的时候这样想。

一天，奥泰罗对他的同桌马蒂亚说：“你知道吗，有一次泡芙小姐打开了一个大箱子，拿出了许多老古董：一条鸵鸟毛围巾、一根男士手杖、一顶大礼帽，还有一个色泽光亮的皮包。那些都是她爷爷奶奶的东西，他们曾是著名的默片演员。”

“他们是在拍摄恐怖片的现场认识的。奶奶作为这部电影的主演，尽管已经对剧情十分熟悉，可还是被吓得不轻。爷爷注意到了这一点，在不拍戏的时候，就紧紧握着奶奶的手。”

奥泰罗问泡芙小姐："我们能不能穿戴上这些服饰喝下午茶呢？"泡芙小姐叹了口气，然后拍掉这些东西上的灰尘。他们很快打扮好，开始喝茶啦！

阴云密布的某一天。泡芙小姐一口接一口地喝着茶，突然，她说道：“或许，你现在可以试试和其他孩子们一起玩，会好一点儿。”

“你不想和我一起玩了吗？”奥泰罗问道。

“我很喜欢和你在一起。但是我觉得，你总得想个办法和同龄小伙伴相处呀。”

“他们不会明白的……”

“明白什么？”

“没什么……总之，他们都是讨厌鬼！”

“你知道我为什么喜欢喝茶吗，奥泰罗？”

“因为茶好喝？”奥泰罗试着猜测。

“不，因为有许多种茶：红茶、绿茶、黄茶、白茶……”

“最美妙的是，理论上来说，来自同一棵树的叶片是可以制成不同的茶叶的。

“就像即使是同一个人，也能在不同的时刻散发出不同的气息。”

“举个例子，我们现在可以开心地一起玩纸牌、喝茶、聊天，但是在人生的同一时刻，你也能做另外一些有趣的、美好的事情。”

“你是想说，我也能从踢球中获得乐趣吗？”

“我的意思是，你可以在球队中找到适合自己的角色。”

“或许我可以成为一个优秀的守门员？因为我是个大个子。”

奥泰罗把目光投向窗外，小雨淅淅沥沥地下。放学路上的孩子们加快脚步，朝家的方向跑去。

泡芙小姐也望向窗外。她大口大口地呼吸着，似乎想要尽可能多地吸入空气。她看起来像是那台把围巾哄睡着的机器，又像是一头幸福的大象。

“为什么你这么胖呢？你知道我们都管你叫‘泡芙小姐’吗？”奥泰罗问。

“我长得胖是因为我吃得多。”

“你为什么要吃那么多呢？”

“因为我总是心情不好。”泡芙小姐叹了一口气。

“你不能把坏心情赶跑吗？”

“那我试试吧！”

这一天，奥泰罗决定试着去当守门员，而泡芙小姐只吃了很少的东西。不过，她还是没有停止闭眼跳舞……

奥泰罗继续在台阶上观察路人，根据他们的鞋子想象出许多不可思议的故事。

直到有一天，奥泰罗从台阶上站起身，永远离开了那里。

他的鞋子陪伴着他，开启了一段非同寻常的全新旅程，就像泡芙小姐曾经说过的那样！

练 习

请你按照奇数路线，将下面的茶叶制作成绿茶。

你能在右侧的白纸上绘制出以下图形的镜像图吗？试试看。

如下图所示，“宀”与哪些偏旁能组成一个新字呢？请将组成的字填写在旁边的括号里。

（　　）

石

（　　）叔　　　　祭（　　）

（　　）甲　　　　目（　　）

宀

（　　）莫　　　　龙（　　）

（　　）晏　　　　禺（　　）

毛

（　　）

由“五颜六色”扩展出的填字游戏，你能把缺失的地方都填上吗？

				不						
					天	喜	地			
				而						
	一		而	散						
		堂								
		大		五						
			逐	颜	开					
				六		书				
			国	色	天			旁		
						门	庭		市	
						第		无		
								人		

读故事，然后填一填。

①奥泰罗经常和爸爸一起玩的游戏叫作“______________”。

②泡芙小姐最喜欢做的事情是______________。

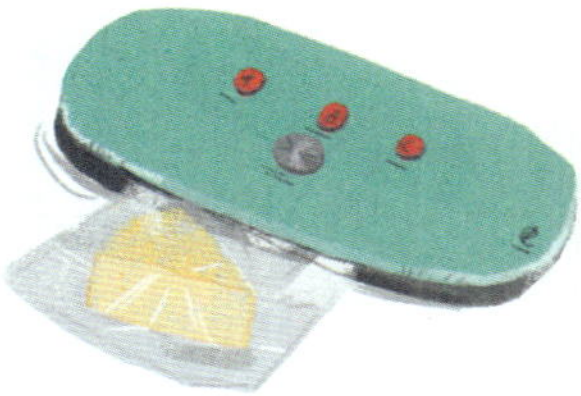

给加点的字选择正确的读音。

泡芙（fū　fú）

烹（hēng　pēng）饪

游弋（yì　yè）

疲惫（bèi　biè）

眺（tiào　tiáo）望

鸵（duó　tuó）鸟

平衡杆（gǎn　gān）

淅淅沥（lī　lì）沥

选择正确的字组词，并将字填写在括号里。

狡　　绞

（　　）架　（　　）猾　（　　）辩　（　　）诈

（　　）兔三窟　（　　）尽脑汁

熄　　息

歇（　　）　（　　）灭　（　　）怒　（　　）灯

生生不（　　）　修养生（　　）

照样子，写词语。

例：五颜六色

（　　　　　　）（　　　　　　）

（　　　　　　）（　　　　　　）

例：淅淅沥沥

（　　　　　　）（　　　　　　）

（　　　　　　）（　　　　　　）

根据下面的意思，选出对应的词语，并将序号填写在括号里。

①农历月初形状如钩的月亮。（　　　）

②坐车、骑马或乘游艇兜圈子乘凉或游逛。（　　　）

A. 兜风　　B. 新月

请在括号中填写下列词语的反义词。

喜欢——（　　　）　　偶尔——（　　　）

美丽——（　　　）　　简单——（　　　）

根据下面的意思，选出对应的词语，并将序号填写在括号里。

①各种颜色。（　　　）

②不可想象，不能理解。（　　　）

A. 五颜六色　　B. 不可思议

请在括号中填写下列词语的近义词。

疲惫——（　　　）　　优秀——（　　　）

快乐——（　　　）　　似乎——（　　　）

你喜欢做什么呢？为什么？根据示例写一写。

我喜欢去泡芙小姐家，因为她和我认识的其他人都不一样。

参考答案

45 页

46 页

47 页

宕　察　宠　寓　宴　寞　寂

（顺时针排列）

48 页

欢　哄　笑　香　若（从上到下）

49 页

①陌生人，让我猜猜你是谁

②闭着眼睛跳舞

fú　pēng　yì　bèi

tiào　tuó　gān　lì

50 页

绞　狡　狡　狡

狡　绞

息　熄　息　熄

息　息

51 页

万紫千红　千姿百态　四面八方　七上八下（合理即可）

密密麻麻　断断续续　浩浩荡荡　吞吞吐吐（合理即可）

52 页

① B　② A

讨厌　经常　丑陋　复杂（合理即可）

53 页

① A　② B

疲劳　杰出　开心　好像（合理即可）

DULI YUEDU SANBU ZOU　LAIZI TONGYIKESHU DE CHA

出版统筹：汤文辉　　　　　　责任编辑：霍　芳
品牌总监：李茂军　　　　　　助理编辑：屈荔婷
选题策划：李茂军　戚　浩　　美术编辑：刘淑媛
版权联络：郭晓晨　张立飞　　营销编辑：李倩雯　赵　迪
责任技编：郭　鹏

Original title: La signora Bigné
献给托马索、恰拉、弗朗西斯科、爱德华、马蒂亚，
以及世界上所有的热爱和脆弱。
Progetto grafico di collana: Clara Battello
Testo: Cristina Petit
Illustrazioni: Anna Simeone
Impaginazione: Clara Battello e Sara Storari
Redazione: Veronica Fantini

著作权合同登记号桂图登字：20-2022-226 号

图书在版编目（CIP）数据

独立阅读三步走. 来自同一棵树的茶 /（意）克里斯蒂娜·派蒂特著；（意）安娜·西蒙奥妮绘；林凤仪译. --桂林：广西师范大学出版社，2023.2
ISBN 978-7-5598-5543-5

Ⅰ. ①独… Ⅱ. ①克… ②安… ③林… Ⅲ. ①儿童故事—意大利—现代 Ⅳ. ①I546.85

中国版本图书馆 CIP 数据核字（2022）第 196768 号

广西师范大学出版社出版发行
（广西桂林市五里店路 9 号　邮政编码：541004
网址：http://www.bbtpress.com）
出版人：黄轩庄
全国新华书店经销
北京博海升彩色印刷有限公司印刷
（北京市通州区中关村科技园通州园金桥科技产业基地环宇路 6 号
邮政编码：100076）
开本：880 mm × 1 240 mm　1/32
印张：1.75　　　字数：20 千字
2023 年 2 月第 1 版　　2023 年 2 月第 1 次印刷
定价：118.00 元（全 8 册）